KAVANAGH

colección andanzas

ESTHER CROSS
KAVANAGH

1.ª edición: septiembre 2004

© Esther Cross, 2004

Diseño de la colección: Guillemot-Navares
Reservados todos los derechos de esta edición para
Tusquets Editores, S.A. - Venezuela 1664 - (1096) Buenos Aires
tusquets@interar.com.ar - www.tusquets-editores.es
ISBN: 950-9779-99-7
Hecho el depósito de ley
Composición: edit•ar - Bonpland 1938 PB 3, Buenos Aires, Argentina
Impreso en el mes de septiembre de 2004 en Artes Gráficas Delsur
Almirante Solier 2450 - Sarandí - Pcia. de Buenos Aires
Impreso en la Argentina - Printed in Argentina

Índice

Anteojos negros 13
Los Wilkinson 27
Llovía 41
El traductor de Conrad 53
Entrada de servicio 65
A la hora señalada 81
Siesta argentina 95
El Brenda Meyer Club 117
Luminoso contrafrente 135
Lo de Boggie 151
Las hermanas Mc Lean 161

Acción de gracias 169

A Sofi

Sólo hemos trepado a una torre imaginaria.
Podemos dejar de imaginar. Podemos bajar.
El poeta es un habitante de dos mundos: uno
que muere y otro que lucha por nacer.

Virginia Woolf, *La torre inclinada*

Anteojos negros

El día más importante de mi vida fue el martes en que me mudé aquí. Entre sogas, papeles y canastos, ejercía un comando relativo en el cambio de nuestra casa a este departamento. Sentada en el piso, fumando un cigarrillo, trataba de entenderme con los hombres de la mudadora, que entraban y salían a mil revoluciones para moverse después como astronautas demorados por el peso de los muebles. Comí un sándwich y me dolía la cabeza, y me dolía la cabeza y no había aspirina que alcanzara. Estoy segura de que había tenido un disgusto aunque no recuerdo cuál.

Mi hermana se movía mejor que yo en el desembarque, igual que en nuestros viajes –tiraba las valijas en la cama del hotel y tomaba la calle por asalto–, porque yo –me decía– acaparaba los problemas. Dónde meter tantos libros. Qué hacer con esa silla. Los muebles parecían más viejos, grandes y pesados. Las cortinas llegaban, como habíamos calculado –qué bien– hasta el piso, con un amplio margen de error –no tan bien– porque seguían de largo y había que acortarlas. Los de la mudadora dijeron que la baulera ya estaba repleta y aceptaron llevarse parte de las cosas derecho al Cottolengo.

Además de la cabeza, me dolía la verdad –que se ubica en todos lados–: comprar este departamento había sido un error. Pensaba yo, así en plural, mirando la liquidación de las expensas. En el bolsillo tenía la propina para los peones de la mudadora y ya había separado también lo que iba a darle al portero. Pero mi hermana. Todo eso le preocupaba en grado cero. Mientras yo me preguntaba por espacios y funciones, ella iba por todos lados.

–Mirá –y señalaba un detalle que no habíamos visto al cerrar la operación de compra.

Abría puertas de cuartos, placards, baños y alacenas, puertas que quedaban abiertas en perspectiva, con esa forma típica de ella. Aunque me molestaba ser la única responsable de las dos, la verdad es que también agradecía su presencia leve y veloz entre las cosas. Me di cuenta de eso muchos años después, cuando me dijo que se iba. Igual, tuvo su lado positivo. Iba a quedarme aquí. Lo compensaba todo.

–Es hora de que cada una siga su camino –me dijo al pasar, antes de tomar el suyo. Me hundí en el sillón en el que estaba leyendo y le dije que quería quedarme. No opuso resistencia. Una vez claro mi lugar en la vida, me levanté del sillón y nos miramos sin decir una palabra.

Como hacen todos en las inmediaciones de una ventana al pasar por momentos cruciales, me asomé a la mía. Vi la plaza. Y deduje por la ropa de la gente que ese día hacía frío. Había una pareja que miraba para arriba, el hombre señalaba las ventanas del edificio con un dedo. Mi hermana le hablaba a mi perro –va a estar todo bien, voy a venir seguido a visitarte–. Me ofrecí a ayudarla con el lío de la mudanza. Aceptó de inmediato. Días después, cuando se iba –y ya estaba deseando que se fuera porque embalar sus cosas me dejó de cama–, un chiste –por lo menos uno– tenía que hacer, así que antes de cerrar la puerta, me miró y dijo, con una sonrisa de oreja a oreja:

–Voy a extrañar el búnker.

Cuando nos mudamos al búnker, un túnel llevaba directo al Grill del Plaza. Nos gustaba cruzarlo, pisar la alfombra mullida del hotel –una patria blanda y buena– pasar entre las mesas con comensales importantes y apurar el paso hasta ganar la calle. Después lo clausuraron y franquearon la entrada con una maqueta del edificio.

Nuestro plan original era mudarnos a un barrio sin gloria, a un departamento modesto pero digno, y no a un rascacielos que ya citaban en los libros de arquitectura. Pero cuando la señora Roemmers Campolonga, nuestra promotora inmobiliaria –nuca habíamos tenido una–, nos habló de la oportunidad única en la vida, de este edificio pensado como una auténtica máquina para vivir –y, lo que era más, para vivir sin pisar la calle–, no tuvimos que mirarnos para decir que sí al mismo tiempo. A pesar de las circunstancias, seguíamos teniendo altas aspiraciones y la verdad es que esta era una. El edificio de hormigón y sus pisos y más pisos. Con un observatorio en la azotea. Un hall de entrada grande como para dar una fiesta. Un teléfono interno y directo a la operadora. Hubo una que se llamaba Nancy. Y otra que respondía al nombre de Perla.

Nancy, Perla y todas las demás tenían brazos de pulpo y hacían malabares con los cables. Después oías el clic y una voz que preguntaba, con calidez impersonal, en qué podía servirte –cuando recién nos mudamos–, en qué podía ayudarte –a los diez años–, qué deseabas –al poco tiempo–, y no mucho después, cuando mi hermana se fue, solamente esto: ¿sí? Cigarrillos de tal marca. Un remedio. Una botella de agua. Que le avisen al diariero. Tus deseos eran órdenes. Y tus órdenes, deseos. Al principio llamaba todo el tiempo, más tarde cada tanto y después nunca.

El martes en que nos mudamos al búnker, dejamos la casa familiar y subimos a un taxi.

–Siga a ese camión de mudanzas –le dije al taxista, y mi vida dio un giro copernicano. Todo gira alrededor de la casa de una y nosotras cambiábamos un sol grande, solamente nuestro y un poco venido a menos, por otro nuevo, imponente y lleno de personas que vivían en todos los pisos. Mientras los de la mudadora bajaban las cosas en la calle, nosotras subimos por el ascensor y vimos el departamento que habíamos comprado, ya sin muebles, con los marcos de los cuadros que se habían llevado grabados en las paredes, y lo único que había en toda la casa eran una toalla y un jabón Lux que la dueña anterior nos había dejado en el baño, como una atención. Al rato llegó Paredes, el portero, a presentar credenciales, y después sonó el timbre de la puerta de servicio. Mientras llegaban los primeros canastos, me asomé a mi ventana discreta para ver la película de la calle en technicolor. La vida estaba en foco.

Para mi hermana fue distinto. A pocas horas de llegar, dijo que estaba aburrida y se fue saludando desde la puerta con ese gesto que llamaba al aplauso. Volvió tardísimo, a la noche. Se tiró en el sillón y suspiró, mirando el techo. No le pregunté qué le pasaba porque no tenía ganas de saber qué le pasaba y además estaba cansada. Me había dejado a cargo de desembalar todo.

–Por mí, podemos hacerlo mañana. ¿Cuál es el apuro? –me preguntaba mientras metía mano en los canastos para encontrar los vasos.

Cuando mi hermana se fue, las expensas, que antes compartíamos, con centavos y todo, se convirtieron en un número redondo e indivisible. Me consolaba mirando por la ventana, como siempre. La panorámica del puerto, la marcha estable de la plaza, los autos de colores y la estación de tren me ayudaban a convencerme de que bien valía el sacrificio. Una vez vi a una mujer que, apostada frente a un atril, miraba mi edificio centrado en el eje de un pincel. Y cada tanto una persona se paraba en medio de la plaza para mirar hacia arriba echando la cabeza para atrás, casi a punto de caer de espaldas. Puertas adentro, con el codo apoyado en la cómoda que estaba en un rincón incómodo, estudiaba las cosas que quedaban y podía vender en un remate. Puse de moda el vacío entre los muebles, una decoración honesta y austera. Apenas quedó lo estrictamente indispensable, apoyado contra las paredes, y nada en el medio. Una persona ciega podía moverse aquí, decía mi hermana, sin temor a darse un golpe. Se había quedado con un juego de llaves aunque siempre, al visitarme, tocaba el timbre. Y me había cedido su parte de una modesta pensión que nos habían legado en herencia para darme una mano –decía, sonriente– a la hora de costear las expensas. Fue un gesto generoso de su parte aunque fue solamente un gesto.

 El día en que llegamos, jugamos un rato con las paredes. Mi hermana golpeaba con el puño en un cuarto y en el de al lado yo, por más de que sabía que estaba golpeando, no oía nada. Mi hermana decía que las paredes eran tan anchas que un día iba a sacar cuartos enteros de ellas. Bastaba con afinarlas para cada lado, decía, parada en el pasillo, con los brazos apoyados contra las paredes, mientras las señalaba –derecha, izquierda– con la cabeza. Mi hermana ponía música a todo volumen. La música estaba tan fuerte que no me oía entrar, así que siempre la pescaba en medio de un paso de baile exagerado. No le daba vergüenza.

La primera semana que estuve aquí, mientras mi hermana llamaba a todo el mundo por teléfono, me gustaba mirar la calle detrás de la ventana, con el vidrio empañado por la calefacción, y flotaba tranquila a pocos metros de esos ruidos. Hacía la plancha en un silencio de iglesia. La primera vez que abrí la ventana fue demasiado. La banda de sonido era de una fidelidad tal que me gustó tanto que me hizo mal. Después abría y cerraba la ventana como quien cambia de canal.

Desde un búnker puede verse todo. Hasta las personas que te miran. Cuando dejaba mi puesto frente a la máquina de escribir, me bastaba con abrir la ventana para regalarme un recreo. Veía algunos provincianos que se rascaban la cabeza mirando la entrada del edificio. Alguna vez, con medio cuerpo detrás de la cortina, tiré un proyectil de uva pasada que nunca dio en el blanco. Desde la plaza llegaban los fogonazos del fotógrafo, que hacía reír a familias completas. Y si en la calle había un accidente yo podía verlo desde arriba, desde mi palco preferencial y bien ubicado, sin que otros curiosos me empujaran dejándome atrás o demasiado al frente. El aire de la ciudad llegaba volando hasta mi cabeza y tenía un efecto bueno y generoso, que disipaba la resaca de las noches de insomnio y le restaba importancia a los problemas. Con mi vaso de Alka Seltzer en la mano, abría la ventana y el aire viciado de la casa salía afuera como una maldición veloz, irreversible. También me gustaba esperar en la ventana, con la radio encendida a mis espaldas, y oír la voz del locutor que pasaba las noticias –siempre duras– mientras afuera se veía la calle como siempre, el vendedor de café, el afilador, un grupo de alumnos que tenían que estar en el colegio y parejas que al menos desde arriba parecían felices y abrazadas.

Al tiempo de irse, mi hermana respetaba dos visitas semanales. A veces me asomaba para verla llegar por la plaza. Me gustaba quedarme en casa aunque ella quisiera convencerme de salir. Le decía que estar aquí, caminando adentro de un edificio tan alto, era tan raro como el hecho de que los aviones vuelen. Tan raro, milagroso y necesario.

El día en que mi hermana se fue después de decir la palabra búnker, pensé «No voy a poder acostumbrarme».

Pero al tiempo me acostumbré a decir eso todos los días. Cuando se fue, me di cuenta de que verla caminar por la casa, apagar las luces que dejaba encendidas, cerrar las canillas de la bañadera que rebalsaba mientras ella oía música, era una ocupación, menor pero exhaustiva. En poco tiempo encontré un reemplazo para el tiempo libre que me había dejado. Así me enteré de que había más cosas en el mundo que las que pasaban, o no, entre las paredes de mi semi-semipiso. Dicen que un rascacielos es un barrio en altura y es cierto.

Paredes, el portero, sabía de memoria los secretos de la gente de todo el edificio. Estaba al tanto de cada movimiento y repartía comentarios con la misma discreción con que entregaba la correspondencia. Fue así que me enteré de la existencia de algunos vecinos –los Rentzel y los Paso, los Wilkinson, el doctor D'Alessandro y el príncipe Olenski– antes de entablar relaciones con ellos. Hasta podía anticipar lo que iba a pasarle a algunos sin temor a equivocarse. Me di cuenta el día en que mi hermana se fue, cuando nos ayudó a cargar sus cosas en un flete, y no se privó de negar con la cabeza, en un gesto que además de incomodarme, fue un consuelo.

Mi hermana venía y se iba, llena de paquetes y noticias que salían con ella a la calle en cuanto cerraba, rápida, la puerta. Una vez le vi una mancha morada alrededor de un ojo. Y hablamos de mesas de luz. Otra, llegó con una bolsa del almacén colgando del yeso que cubría su muñeca. Y hablamos de accidentes. Un sábado me pidió que la invitara a dormir pero después no aceptó la invitación. Se compró unos anteojos negros, grandes y cuadrados, de los que hablaba todo el tiempo –el día en que se los olvidó en la Queen Bess fue todo un problema y cuando Orson, mi perro, les rompió las patillas no me habló por dos días enteros–. Yo me asomaba a la ventana, como siempre, y le daba la espalda para no incomodarla con esa pregunta que brillaba, postergada, entre las dos.

Pero una tarde, mientras mi hermana estaba callada a mis espaldas, abrí la ventana y tuve que cerrarla porque oí perfectamente como alguien gritaba «Acción».

La luz de los focos que venía de la calle me forzó a distinguir, pisos abajo, una horda de extras que corrían en la noche americana. Hacían un ruido infernal. No lo pensé dos veces. Será por eso que desoí las súplicas de mi hermana y que bajé, con perro y todo, a quejarme.

Salimos medio mal porque nos tomaron por sorpresa. Se nota que debajo del tapado azul tengo un pijama. Que Orson estaba excedido de peso. Que la correa colgaba floja entre los dos. Fui con mi hermana al estreno. Me habían invitado a modo de compensación por los inconvenientes que había provocado el rodaje. Fue una noche inolvidable. Para mí y para mi hermana, por razones opuestas.

Mi hermana hizo correr la voz de mi aparición involuntaria en esa película de pistoleros porteños. Me negué a atender el teléfono y oír la voz de algunos conocidos que, por suerte, no veía hacía tiempo y que se empeñaban en felicitarme por algo de lo que más bien me avergonzaba. Aunque era mala, la película fue un éxito. Y la gente que nos conocía disfrutaba al descubrirme –gracias a las precisiones de mi hermana– en una escena bastante absurda, en la que sin embargo mi cara de sorpresa no estaba fuera de lugar –había un tiroteo de cebitas en la calle–. Tiempo después, empezaron a solicitar permiso para filmar durante días enteros y hubo un vecino que alquiló parte de su departamento a la producción de una película. Aunque mi hermana estuviera segura de que esa podía ser la respuesta a mis problemas financieros –el departamento puede solventarse solo, decía– no me dejaba convencer. Después vinieron las tomas desde la plaza para tener un buen paneo general del edificio, que acto seguido enfocaban en primer plano, primerísimo primer plano y adentro. Desde arriba se veía la plaza tomada en campaña, con camiones y carpas y un ejército vestido de civil. A mi hermana le gustaba, a lo mejor porque ya no vivía acá, o porque se empeñaba en llevarme la contra.

–¿La contra en qué? –me preguntaba mientras revisaba los roperos–. El aire es de todos –agregaba, sonriente, ante mis quejas. Ya no tenía marcas en la cara pero tenía un par de arrugas nuevas y a veces tropezaba con los muebles y evitaba, siempre, los espejos.

Ese fue el momento en que mi vida dio un giro dentro del giro que había dado al mudarme aquí. El momento en que ya no podía disfrutar tranquila la vista de la plaza. El momento en que mi hermana empezó a visitarme cada vez más seguido, cada vez mejor vestida, para mirar por la ventana apostada a mi lado, apoyando el peso leve de su cuerpo contra el mío. No se puede vivir así, pensaba yo. Para mi hermana la cosa era bien diferente y no se privaba de saludar a la posteridad cada vez que desde abajo un loco tocado con boina gritaba acción y las cámaras apuntaban sin piedad a mi edificio. El hecho de que mi edificio se hubiera convertido en blanco de las cámaras le divertía en extremo.

Filmaron una publicidad de cigarrillos, una comedia de enredos, un documental completo, esas películas que pasan en el aire cuando los aviones aterrizan y le cuentan a los viajeros a qué tierra están llegando, escenas de la calle que siempre se cerraban con una toma rápida en picada. Al tiempo, un periodista se apostó, micrófono en mano, en la puerta, esperando la llegada de un vecino de prosapia, a quien acusaban de haber hecho cosas terribles. Cada vez que el periodista daba parte de su ronda –adelante, estudios– subiéndose las solapas del abrigo, yo veía mi edificio entero en la pantalla, mi ventana entre todas las ventanas de la torre, la fachada arruinada por esos equipos de aire acondicionado que algunos vecinos empotraron en la pared cuando falló el sistema de ventilación central. Mi hermana me llamaba por teléfono para avisarme, exultante, que prendiera la televisión. Una cosa trae la otra y un día, una actriz venida a menos posó en la entrada del edificio, con Paredes a un costado, vestido de almirante, sombrilla en mano. Le mostré a mi hermana la revista que me había robado de la sala de espera del médico. Le di una palmada seca a la hoja y señalé el renglón en que decían que esta mujer vivía en nuestra casa.

–Mentira –dije.

No me llevó el apunte. Y también me ignoró cuando le hablé de las molestias que ocasionaban los que se habían mudado al piso de arriba y no me dejaban dormir porque tiraban paredes y cambiaban las cosas de lugar todo el tiempo.

–¿Cómo habrán llegado aquí? –me preguntaba en voz alta, a pesar de que mi hermana estuviera adelante.

–Como nosotras –dijo. Después saludó a mi perro con un beso y a mí me dijo, como siempre, hasta luego.

Cuando llegaron los primeros micros, con permiso especial para estacionar en la plaza, temí lo peor, que dura todavía. La vista de mi ventana se convirtió en otra, poblada de turistas que miran hacia arriba y tienen bolsas de plástico repletas de ponchos y mates y caballos de peluche que pegan un respingo y venden a la vuelta. Los micros tienen leones dorados y emblemas con escudos de armas. Apuestan delfines que saltan de un reglón azul o un arco iris que ofende a cualquiera. Un día pasé al lado de una guía de turismo que hablaba de mi edificio histórico.

–Un monumento nacional –le explicaba en inglés a un grupo de personas que se sacaban fotos entre ellas. Me sentí igual que una momia en el British Museum.

Sé que en fotos de guías y revistas, en escenas urbanas que abren el corazón de la ciudad a las personas, está mi ventana y, ampliación de por medio, la figura de una mujer que fuma y fuma, con una cara demasiado parecida a la mía. Yo no me dejo acobardar. Sigo insistiendo. Y desde entonces me asomo a mirar con mis anteojos negros.

Los Wilkinson

Los Wilkinson siempre tomaban una copa al atardecer. En rigor de verdad, los Wilkinson siempre tomaban una copa –o dos, o tres o varias–, a cualquier hora, en cualquier parte. Durante los buenos tiempos, habían viajado mucho. No es que hicieran largos viajes. Pero habían viajado muchísimo y decenas de fotografías ilustraban la sala de su departamento. Wilkinson y señora en una playa de Hawai; camisas coloridas, ukelele y hula-hula. Un batido de ron con una sombrillita de papel, él. Con una flor origami, ella. Los Wilkinson en la *terrasse* de un café –que no era el Cluny–. Dos aceitunas chicas, verdes, en el dry martini frío que comparten, sonrientes, en Las Vegas. Los Wilkinson en medio de un campo de golf, cada cual con su petaca y cara poco deportiva. Los Wilkinson en Viena, chop a cuestas. Venecia, viva el *chianti*. El sake allá en Hong Kong. Los Wilkinson boca arriba, apuntando a la lluvia de una bota española. Los Wilkinson en México. Sombreros de mariachi y caras de pescado. Los Wilkinson en las poltronas blancas del Copacabana Palace, reino de la caipirinha. Turbante de ananá a la miranda para ella. Un panamá fuera de lugar en la cabeza de él. Y así por todos lados. Polonia, entonces vodka. Berlín y *liebfraümilch*. Escocia bienamada. Irlanda bienvenida. Pero si hubiera que fijar un instante, más repetido que los otros, como esos gestos que, después de algunos años, imprimen una arruga, ahí tendríamos a los Wilkinson, siempre sentados, cada uno con su copa, cerca de la ventana que se abría, panorámica, a la plaza San Martín, con el auspicio de las campanas que tocaban las siete de la tarde en la Torre de los Ingleses.

Hubiera sido la foto en rayos X de la pareja. Una de esas fotos que un fotógrafo aficionado no se hubiera perdido. Yo, por ejemplo. Lástima que esa foto era imposible. Los Wilkinson tomaban ese trago y siempre estaban solos. Así que nada de fotógrafo en el medio. Pero hubiera sido la foto perfecta, irreemplazable aún por la suma de todas las otras. Clic. Al álbum que no existe.

Zulema Wilkinson usaba, como casi todas las dipsomaníacas de la era Susan Hayward, un vestido negro, de ésos más bien simples, de modista. Simplicidad sólo aparente, ya que entre la seriedad opaca de su exterior y el forro de satén había una red de costuras y puntadas milimétricas pues nada da tanto trabajo como la sobriedad.

Hyram Wilkinson tenía una camisa azul con

bolsillos de cazador y estaba bastante cansado de la vida.

Los Wilkinson tomaban cualquier cosa. La cosa era tomar. Se habían conocido, rondando los cuarenta, en la barra gastada de un bar. Celebraron la discreta boda con brindis y más brindis. Tomaban cuando discutían y en la reconciliación. Tomaban al mismo tiempo –es decir siempre–, aún cuando Hyram viajaba para visitar a sus parientes y se hablaban por teléfono.

–¿Qué tomás, Zulema?
–Un Manhattan, Hyram.
–¿Qué estás tomando, Hyram?
–Un Jack Daniels, Zulema.
Salud.

También tomaban cuando se entregaban a eufóricas discusiones sobre temas que los dos consideraban indudablemente apasionantes. Tomaban para olvidar y para recordar lo que habían olvidado por descuido. Cuando las cosas empezaron a ponerse difíciles, siguieron siendo grandes bebedores. Primero, para darse valor. Al tiempo para ahogar las penas. Algunas tardes pues ya no quedaba otra cosa que hacer. Otras, porque las dedicaban a mirar fotos para avivar una memoria común, que se agotaba sin remedio. Todas las noches antes, durante y después de la comida. Cuando las cosas también se pusieron mal entre ellos, tomaban con tal de no dirigirse la palabra. Y también tomaban por separado, uno en la cocina, la otra en el escritorio o el baño, mientras practicaban esa manera un poco triste de orbitar la secuencia de la noche que se llama insomnio. Todo daba para tomar.

Los Wilkinson eran una pareja sólida. Quiero decir: se llevaban bastante mal y estaban llenos de problemas. Una pareja estable, como dicen, de ésas que juegan al *bridge* o al tenis para acercarse cuando todo se complica. Los Wilkinson no jugaban ni al *bridge* ni al tenis –ocupaciones demasiado caras para ellos– pero bebían y últimamente casi no hacían el amor porque, como bien dijo Shakespeare, el alcohol aumenta el deseo y disminuye la *performance*. Pero eran una familia. Las familias se forman, con hijos o sin ellos, entre personas o personas y animales –y a veces entre personas y objetos–, y ya no hay nada que hacer. Puede formarse un diamante, un iceberg o una zona de necrosis, pero es una formación así que cualquier cambio se vive como una monstruosidad. Los Wilkinson eran, entonces, una de esas familias que uno califica de estables con ambigüedad, de ésas que habían compartido, sin garantía de éxito, duros momentos, siempre juntos. El 23 de febrero de 1946, Zulema recibió el siguiente telegrama:

Madre muerta. Stop. Stop. Stop. Padre vivo.

La hoja con el mensaje no tembló entre sus manos. Un telegrama es un telegrama. Se lee lo que está escrito, sobre todo cuando dicta noticias como ésta. Los telegramas se dejan caer, se tiran, se guardan, se pasan, se responden, o no, casi en el mismo momento en que fueron abiertos. Peor para el que escucha, porque algo propio de los telegramas es que exigen ser leídos en voz alta. Zulema miró a Hyram, y le dijo:

—Madre muerta. Stop. Stop. Stop. Padre vivo.

Y Hyram entendió. Entonces hablaron. Así:

—Fondo blanco.

—Fondo blanco, Hyram.

Yo vivía en el mismo piso, puerta de servicio de por medio. Todas las mañanas, cuando salía a pasear con Orson, veía la montaña de botellas modeladas con formas increíbles. Licores en enormes tubos de ensayo y botellas para tirar mensajes al mar desde el naufragio. Vinos con nombres impactantes. Barrilitos de cerveza. Orson olisqueaba la montaña transparente con su trompa de trompada en el hocico. Yo le chistaba y seguíamos. Un día me enteré de que en una reunión de consorcio les preguntaron por qué no tiraban las botellas por el incinerador.

—Ustedes lo quisieron —dijo Hyram.

—Nosotros lo sentimos tanto —aseguró Zulema.

Caminando como patos, alcanzaron la puerta del ascensor.

El resultado se hizo oír durante cuatro noches. Lo que fue eso. Las botellas bajaban al sótano y golpeaban las paredes del túnel y el ruido rebotaba como una voz por su garganta. Una voz que no desafinaba. A veces tiraban dos juntas. No sé si les presentaron una queja o si fue una iniciativa de ellos. Pero después del cuarto día, dejaron de hacerlo.

Todos los sábados, iban a una tienda, aquí, a la vuelta. Zulema Wilkinson, como quien se acuerda de algo, se detenía y miraba para los costados. Siempre en la misma esquina. Respiraba como un ciervo. Hyram Wilkinson la sostenía del brazo, y se secaba la frente con un pañuelo, siempre, también en invierno. Muchas veces me pregunté si transpiraba por vergüenza, por cansancio, o por las dos cosas juntas. Una noche tuve que subir con ellos al ascensor. A Zulema Wilkinson se le había ido la mano. Para empezar, se la agarró con Orson. Ay, qué cara, decía, contorsionando la suya como una chica tentada en medio de una ceremonia. En el segundo piso preguntó, en un dialecto entre vascuence y flamenco, qué haríamos en caso de quedar atrapados en el ascensor. Con toda sinceridad, le dije que me moriría. Zulema Wilkinson me miró de arriba abajo y me dijo:

–Usted es muy poco práctica, ¿no es cierto?

Del cuarto al quinto desplegó otras opiniones y conductas que por respeto me abstengo de contar. Cuando finalmente llegamos al séptimo y Hyram abrió, veloz y galante, la puerta del ascensor, Zulema se fue de cara al piso y era difícil saber si se reía a carcajadas o estaba agonizando con pompa de elefante. Hyram se inclinó, la levantó del brazo, y dijo:

—Creo que todos necesitamos un trago. Menos el perro.

Me fui derechito y callada a mi departamento. Estaba tan apurada por entrar que me dejé la bolsa con las compras afuera, en el pasillo. Cuando abrí la puerta para recuperarla, vi un zapato de mujer sobre en el piso. Seguro que era de Zulema. Aunque era pequeño, era más ancho de lo que hubiera calculado y el taco estaba gastado del lado de afuera. Ahora, o bien había seguido hasta su puerta con un zapato puesto, o Hyram la había alzado y llevado a casa, con el pañuelo en una de las manos para secarse la frente en cuanto la recostara en un sillón. Y en la acrobacia se le había caído el zapato y no se dieron cuenta. Cenicienta Wilkinson, descubrí esa noche, sabía lo que era bueno. En el zapato vi el óvalo plateado, como un espejito, típico de *Jackie*, la zapatería a medida. Orson estornudaba desde la puerta y yo entré con el zapato. De todos los juguetes de la tierra éste le parecía el más entretenido. Esa noche me costó dormir pero hice el trabajo necesario y entonces pude, como siempre.

A la mañana siguiente, me desperté por culpa de unos golpes en la puerta. Eso era un mal signo, considerando que mi casa tiene un timbre. Pero las sorpresas desagradables golpean la puerta y al diablo con el timbre. Orson ladró. Abrí, sin preguntar y vi, parado ahí, el traje anguloso a rayas, las manos a los costados, a un hombre bastante alto y decididamente gordo que me preguntó:

—¿Están los señores?

Orson y yo ladeamos la cabeza al mismo tiempo.

—Dígale a los señores que está su sobrino.

—Creo que se equivoca de departamento —dije.

—Lo de Wilkinson —dijo, mirando a Orson con desprecio.

—Allá —le señalé la puerta.

Me agradeció levantando, apenas, el sombrero, para volver a ajustarlo en su lugar. Dio media vuelta y caminó hasta lo de Wilkinson. Algo olía muy mal en el pasillo. El hombre golpeó la puerta de los Wilkinson, a pesar de que ellos también tenían timbre. Dijo, en voz alta, tíos. Después dijo el nombre Zulema y pronunció muy mal el nombre Hyram. La puerta se entornó. El hombre estaba adentro.

No pude volver a dormirme. En el departamento de Zulema y Hyram Wilkinson estaba pasando algo. Algo que podía oírse muy bien. Primero risas, después un grito, después el ruido de algo chocando contra algo. Por último, un portazo. Cuando oí que se cerraban las puertas del ascensor, llegué hasta su puerta, con Orson y todo. Yo sí que toqué el timbre.

Zulema abrió, aún en *robe*. Tenía una redecilla

en el pelo. Oí las campanadas del Santísimo. Era una mañana de domingo.

Los ojos de Zulema estaban todos inyectados, esta vez por la narcosis del disgusto. Se cerraba las solapas de la *robe* y me sonreía.

—¿Está todo bien? —quise saber.

Oí la voz de Hyram, que llegaba desde el fondo.

—¿Quién es, querida?

—La chica del perro, Hyram.

—¿Con hielo, Zulema?

—Por supuesto.

Me quedé ahí parada, como una idiota, a la espera de algo. Con la idea peregrina de que algo tenía que pasar. Y algo pasó.

—Perdón por lo del otro día —dijo Zulema Wilkinson.

Negué, con la cabeza y, ya que estaba, le pedí que me prestara un poco de azúcar. ¿Para hacerla sentir bien porque así me daba algo y le aliviaba la culpa? ¿Para cambiar veloz y mágica de tema? ¿Para poder entrar y echarle un vistazo al departamento? ¿Por qué lo hice? Porque no tenía azúcar, por supuesto.

Los Wilkinson tampoco pero quisieron reemplazarla, si era para el café, con no sé que filtro elaborado con Cointreau y con whisky. Yo dije no. Tampoco quise los bombones de licor que me ofrecieron. Tomaron el primer trago al mismo tiempo. Yo ya estaba sentada ahí, en la cocina.

Sobre la mesa vestida con un mantel impermeable lleno de flores, vi la billetera abierta de Hyram y la cartera, también abierta, de Zulema. Una libreta de ahorros al lado. Ese sobrino era un verdadero desgraciado.

Pero no hablamos de eso y por ser franca no hablamos sobre nada. Yo miraba lo que pasaba entre ellos. El vaso a la boca. Medio segundo de solemnidad. La sonrisa planetaria. Y otro trago. Cada tanto, alguno de los dos, negaba, melancólico, con la cabeza. Y el otro asentía, bajando la vista al suelo. Después se convidaban otro trago y se miraban, sin hablar, por poco tiempo, apenas lo que le lleva a un conejo saltar, blanco y dientudo, de la galera del mago. Les pedí disculpas, di las gracias y enfilé para la salida. Los tres, antecedidos por Orson, caminamos por el pasillo, estrecho y largo, hasta la puerta. Ella dijo:

–Bueno, quizá nos encontremos otra vez en el ascensor.

Ni siquiera me dijeron hasta luego.

Todas las tardes, a eso de la siete, Zulema y Hyram Wilkinson tomaban una copa mirando, en silencio, la plaza San Martín. Cada tanto veían las explosiones resumidas de las fotos que la gente se sacaba en los peldaños de la estatua. El sobrino volvió el domingo a la noche. Y el lunes a la tarde. El martes subí al ascensor con Zulema y le pregunté por su marido. Orson olía como el diablo. Había humedad y eso exageraba un poco todo.

–Ahí, en el sanatorio. Un disgusto. El corazón. Esa noche oí dos botellas vacías en carrera por el túnel del incinerador. Zulema Wilkinson era una esposa abnegada. Salía temprano, al sanatorio. Volvía tarde, a la cama. El vestido negro le colgaba cuando su marido volvió a casa. A la semana me los crucé en la esquina. Ella se había quedado quieta y él la sostenía con un brazo mientras se secaba la frente con el pañuelo. Pero algo había cambiado. Esa vez no siguieron camino. Se dijeron algo y dieron media vuelta. A la noche, Paredes, el portero, me avisó que Zulema Wilkinson había muerto.

El consorcio hizo una colecta para comprar una corona. Yo puse por dos, por Orson y por mí. Una faja violeta con letras y borde dorado cruzaba, en diagonal, la rueda de flores y hojas, como una prohibición que parecía, más bien, un cuadro de Arcimboldo. Pregunté a qué hora y dónde era el entierro. Al otro día, a la mañana, en el cementerio de la Recoleta.

Cuando llegué al lugar encontré a Hyram Wilkinson, sentado sobre un peldaño, secándose la frente con el pañuelo. Lo vi tan indefenso y solo entre tanta mampostería fúnebre, que pensé que lo mejor que podía ofrecerle era tomar un trago juntos. Hyram Wilkinson me miró. Eso fue todo. Ni sí ni no, ni blanco ni negro. Me quedé ahí de pie por unos minutos, el tiempo que lleva rezar un padrenuestro a las apuradas. Orson estaba ahí, sentado y a la espera, la correa de cuero negro con el lazo que lo ataba a una reja. Pensé que la capilla ardiente parecía el puesto de aduanas de un aeropuerto.

Al otro día, a pesar de mis reparos, toqué el timbre del departamento de los Wilkinson. ¿Por qué? Porque me había quedado sin teléfono y tenía que hacer una llamada.

La casa era la misma pero era diferente. Al lado de los sillones, había cajas de cartón, una encima de la otra. En la última, todavía abierta, al lado de la ventana, vi un par de zapatos con el taco gastado hacia fuera y el óvalo plateado de la casa *Jackie*. Las cosas de Zulema.

–Todo va para la iglesia, mañana reparten ropa y mantas recibidas en donación –dijo Hyram.

Asentí, me lo dictó la conciencia.

–Habrá más de una Zulema andando por el barrio –dijo Hyram.

Orson se había instalado al lado de una de las pilas de cajas. Como no sabía qué decir y pensé que Wilkinson ya estaría totalmente borracho, di media vuelta y le dirigí a Orson un reto que fue una de las acciones más injustas que cometí en la vida. Pero Hyram me explicó:

–Zulema era tan clásica –dijo.

Hice lo que se hace. Es decir que hice mi llamada y tras asentir con toda la incredulidad del mundo, le chisté a Orson y nos fuimos.

Eran las siete de la tarde, al otro día, y bajaba

con Orson por la calle de la iglesia. Vi dos mujeres vestidas iguales, cada una con un vestido negro idéntico al de la otra, que caminaban medio de costado, cargando bolsas. Se sentaron sobre las bolsas y empezaron a pedir limosna. Orson levantó la pata contra un poste, a pocos metros de ellas. Eran las cosas de Zulema. Salud.

Llovía

Llovía. Miré por la ventana. Pensé que iba a parar. Era la hora de llevar a Orson a dar una vuelta. Los perros tienen que pasear y las personas tienen que pasear, aunque no quieran, a sus perros. Salimos, como siempre, por la puerta de servicio. En la sala eran las seis de la tarde y en la cocina, a un paso, era de noche. Paredes, el portero, había subido el toldo y acomodaba una alfombra de plástico sobre la alfombra del pasillo de la entrada. Orson enfiló para la esquina y me dejé llevar por la correa. Pero al llegar a la esquina, como la lluvia es impredecible, llovía. De vuelta.

En medio de la gente que venía, con o sin paraguas, en la estampida que bajaba desde Florida, Orson avanzaba con el aplomo de un acorazado. Una rubia cruzó la calle. En una vereda tenía bucles. En la de enfrente, no. La plaza estaba vacía. Un tipo gordo usaba el diario de sombrero. Una señora se apoderó del lado de los edificios. Los que venían en sentido contrario tenían que desviarse para dejarla pasar. Un hombre salió invicto después de derrotar a los demás a paraguazos. No faltó el chico con botas de goma. Pegaba saltos cortos y exactos para caer en las baldosas flojas y cuadradas que parecían balsas. El vendedor de café pasó gritando café, aunque era evidente que en medio de la carrera ni él quería vender ni nadie iba a comprarle.

Cuando la lluvia empieza a mojarme, no me gusta. Después todo está muy bien y si deja de llover me parece casi ofensivo. Entonces viene ese frío que sale de los huesos y que impregna hasta la ropa. Aunque haga calor, tengo orejas de hielo y siento, en la frente, una gota suspendida que pesa y se desliza como un remordimiento. Al igual que todo en esta vida en que llueve, eso se ha hecho más intenso con el paso del tiempo. Mi indecisión a la hora de cruzar o no la calle cuando la luz del semáforo cambia a último momento también se ha agudizado.

El sonido de la lluvia se hizo más rápido y entonces más fuerte. En los negocios, el mal humor de los vendedores cedía a una sonrisa que parecía casi una venganza. A lo lejos, casi en una, las sombras de los hombres que leían el diario acodados en la barra del Florida Garden. Los que salían de las casas abrían los paraguas o subían a buscarlos. Las pisadas se oían con una nitidez exasperante. En la vidriera de la joyería, la panza de una tetera de plata inglesa brillaba sobre un fondo negro. La calle funcionaba. Las cosas se veían. Los vidrios de los autos estaban empañados. Era otoño, hacía frío. Y desde el sur llegaban luces de relámpagos. Pasó la doble de Jackie Kennedy. En la entrada del hotel, un botones abría un paraguas, debajo de la galería, al lado de la puerta de un coche imponente. Nada tenía demasiado sentido pero todo estaba en foco. Me llamó la atención la respuesta de un señor al que, ya que tenía parado al lado, le dije qué desastre y cómo llueve.

El hombre, sin mirarme, asintió con la cabeza, se inclinó para acariciar a Orson y dijo:

–Todo depende, la lluvia es buena para el fabricante de paraguas.

Al diablo, pensé. Y también, pensé –aunque no se lo dije– podía venirle bien a los granjeros, a la amiga envidiosa el día del casamiento de su mejor amiga. Y seguí: a los cines, a los bares, a los taxis. A los novios, los bomberos y la tierra en general. Pero no a mí, y la que había hablado era yo.

El hombre seguía acariciando a Orson. Tenía una cabeza redonda que se aplanaba en la coronilla y los hombros de su Perramus estaban salpicados de gotas y un poco en falsa escuadra.

Orson estornudó y el señor que le veía el lado positivo a la lluvia dio un respingo y me miró con desagrado.

–Es feo, ya sé –le dije–, pero para el perro es bueno, igual que con mi lluvia y sus paraguas.

Si tuviera que escribir una guía de Buenos

Aires, yo pondría datos como este, por ejemplo: cuando llueve más de diez minutos, si uno se para en esta misma esquina, pasa invariablemente un colectivo que te empapa de los pies a la cabeza. Es que hay un charco que se forma con la rapidez de una mala idea. Ahí estábamos nosotros. ¿Y ahora?, le pregunté al señor. ¿Tenía forma de encontrarle el lado bueno a eso?
  –A que no.
  Exprimía la pollera como si fuera un trapo de cocina y por los pliegues de la cara de Orson caía agua y más agua todavía. Había que verlo.
  –No crea –me dijo el hombre, que esta vez, para ilustrarse, levantó un dedo gordo en el aire–. La verdad es que gracias a todo esto estamos conversando y eso es bueno.
  Bueno para quién, pensé, eso vendría a ser exactamente un agravante. En cambio, dije:
  –Todo es cuestión de gustos.
  –De manera que a usted –me dijo el hombre– le gusta protestar.
  –Está muy equivocado –le dije, mientras tiraba de la correa porque Orson se acercaba a otro perro que venía caminando.
  –Eso me alegra –me contestó el señor.
  Lo miré bien. Su corbata era un mundo en sí misma. Si me subía a un escalón, le sacaba una cabeza. Sonreía con convicción pero el problema era que al mirarlo no parecía haber mucho de qué alegrarse.

—Bueno —dije, mirando al cielo— creo que está parando —era mentira— y voy para ese lado.
—Yo voy al mismo —dijo el hombre, como si fuera lo más natural del mundo.
Dimos tres pasos juntos, siguiendo a Orson. Y llegamos a la calle de los lugares comunes —que queda entre la de los bancos y la de las marroquinerías—. Pero así fue: la lluvia caía a mares y todo se veía en blanco y negro. El hombre no vivía en el barrio. Le llamaban la atención detalles que conozco pero de los que ya ni me doy cuenta. Sabía mucho sobre los horarios de Retiro. Me dijo que seguramente íbamos a encontrarnos otro día. Le comenté que vivíamos muy lejos. El hombre, con su perfil importante y discreto a la vez, dijo:
—Me alegra porque veo que en el fondo ese dato la complace; qué amable, con qué poco se conforma.
Mucha gente pierde la buena educación en situaciones límite. Y aunque esta no era exactamente una, se trataba de una cuestión de límites. Hablarme así. Me clavé en la esquina, en perfecto acuerdo con Orson. Pero no me dio tiempo. El señor me miró con su cara completa y me dijo:
—Me llamo Alberto Williams.
Acto seguido, y aunque no nos conocíamos ni yo estaba llegando, me dio lo que se llama una calurosa bienvenida. Hice lo que hace cualquier persona lógica, de esas que, como yo, a veces no comprenden del todo bien algunas cosas cuando

pasan: empecé a buscar las llaves en la cartera con pocas intenciones de encontrarlas, y entre el perro y el diario no me daban las manos.

–Permítame –dijo, mientras agarraba la correa de Orson.

–Señor Williams.

–Dígame Alberto.

–Tengo que irme.

Dicho lo cual, sólo tenía que dar media vuelta y caminar dejándolo atrás. El único problema era que tenía en la mano la correa de mi perro.

«Querido Orson:

»Ese día, a esa hora, sospeché que si estabas con el señor Williams o conmigo no era una cuestión esencial. Parecías muy concentrado, cada tanto tenías que sacudir esa cabeza de zapallo para sacarte de encima el agua que, como llovía, se colaba por los pliegues de tu trompa. Estabas bastante parecido a Churchill y a una gárgola. No podías, no tenías tiempo de saber con quién estabas. Y la lluvia es una lupa, aumenta todo.»

Me acerqué y estiré la mano para agarrar la correa. Las de Williams me interceptaron en el camino.

–Siento que nos conocemos de toda la vida.

Confieso que en otros tiempos, hubiera pensado que esa frase valía una fortuna en la bolsa de valores de la autoestima. Pero ese no fue el caso.

Para nada. Lo raro era, sin embargo, que todo estaba en orden. Quiero decir: los vendedores, detrás del mostrador. Gente agotando localidades debajo de los toldos de algunos negocios. Actividad promedio reducida. Lo que se llama una tarde de cine o librería. Como dicen en la biblioteca funcional de algunas salas de espera, la verdad es que parecía un sueño y daban ganas de pellizcarse el brazo para comprobarlo. Lo hice. Pero no me dolió.
—Me hace acordar –dijo Alberto Williams– a una chica que tenía una hermana casi idéntica. Iban al colegio Santa Unión.
Yo había ido al colegio Santa Unión y tenía una hermana. Volví a pellizcarme y no me dolió nada.
Alberto Williams siguió:
—Mi padre era el jardinero del colegio. Un día se quejó a la hermana directora porque una de las hermanitas, que se parecían tanto a usted, arrancaba las flores y se las llevaba en la valija como si fuera el gran chiste. Y retaron a las chicas. Que les contaron a sus padres. Que se quejaron a las autoridades del colegio, que despidieron al mío.
Llovía a mares. Mordí la magdalena. Una vaga idea. Me venía bien tanta lluvia porque el agua barre todo. Había un policía haciéndole una multa a un auto que, pese a las apariencias, estaba mal estacionado.

Nos miramos a los ojos. Alberto Williams era bizco.

–Cuanto lo siento, dije.

–Pero nos vino bien.

Alberto Williams sonreía con la cara redonda como un plato.

–Al padre de las chicas le dio un poco de remordimiento y al tiempo contrató a mi padre por un trabajo que era menor, menos cansador y, desde luego, mejor pago.

En mi casa, cuando era chica, había un jardín, de acuerdo. Tendría que haber habido un jardinero, probablemente ese hombre tuviera un hijo. No pude ir más allá. Se concentró antes de decir:

–Tengo gratos recuerdos de esa familia. Una vez nos mandaron para Navidad un cajón de sidra por medio de la cocinera, que le contó a mi madre que no sabían qué hacer con ese cajón que no sé quién les había mandado. Ese regalo debería haber ido de acá para allá como la peste. En la casa tomaban *champagne*.

Me acordé muy bien de que también en la mía. El policía estaba tan mojado que parecía un buzo.

–El problema es que eran un poco estrictos. Todo era muy silencioso en esa casa y a mí no me dejaban ir. Eso no quería decir que yo no la viera. Sé que recuerdo cosas de esa casa que las personas que vivieron ahí ni siquiera vieron nunca. Un día entré, por curiosidad. Una de las chicas me vio por la ventana y se lo contó a su madre, que se lo contó a su padre, que amonestó severamente al mío.

Qué atrocidad, había dicho mi madre cuando mi hermana le contó.

Tenía un nudo en la garganta. Y ruedas en los pies. Me despedí.

–Qué injusticia –dije, y sonó al mismo tiempo como un asentimiento y como un reproche, cuando en realidad quise decir algo distinto. Ya no me acuerdo qué.

–No crea –me dijo Alberto Williams–. Es simple, es claro, pero es difícil. Como el reto a mi padre le pareció humillante, un día esperó al de las chicas en una esquina. Se acercó cuando el otro ya lo miraba de mala manera. Le pegó tan fuerte en la cara y el estómago que el señor se mantenía en pie porque estaba aferrado al bastón, que no sé cómo mantenía clavado al piso. Mi padre me lo contó, estaba orgulloso. Al otro día en todo el barrio decían que al señor habían querido asaltarlo y que se había defendido reduciendo al ladrón que le pegaba con saña. Prueba de su heroísmo es que no le faltaba ni un peso en la billetera, ni uno de los gemelos que tenían engarzados dos zafiros. Ni la tabaquera, ni el encendedor, ni el reloj ni la cadena del reloj.

Vino un silencio.

–El perro –me dijo Alberto Williams cuando ya me iba, olvidándome de todo–. El perro.

Orson venía lento pero seguro, la correa tirante de la mano de Williams que, más que retenerlo, quería, me pareció, ser conciliador. Se había dado cuenta de que yo me sentía mal. Desde una ventana llegaban los quejidos declarados de alguien en la cuna. Un bebito lloraba como lloran los bebitos. Es decir que me crispaba los nervios. Daban ganas de ir corriendo hasta ese edificio y subir hasta ese cuarto para consolarlo. Además a esa hora ya estaba haciendo frío.

No dije nada. Acepté la correa que me tendía, tranquilamente, Alberto Williams. Con el perro, me entregó una tarjeta con su nombre escrito en letras negras y su número de teléfono.

Llovía tanto que en cualquier momento la plaza iba a llenarse de parejas de animales. Miré, a pocos metros, hacia arriba. Mi edificio se clavaba en la altura y parecía que el agua caía más fuerte cuando rebotaba contra sus vértices escalonados. La proa del edificio se hundía y alzaba en el declive hasta Retiro. Entré y Paredes negó con la cabeza, mirando las huellas de barro en la alfombra de plástico.

–Cuándo va a parar esta lluvia –dijo, casi increpándome.

Giré sobre mis talones porque mientras él hablaba yo seguía de largo. Era un código que teníamos. Así que cuando me volví, como dicen en algunas novelas traducidas, estaba bastante sorprendido. Le dije que también podía pensarlo de otra manera. Gracias a la lluvia, no tenía que baldear la vereda. El comentario no le gustó. Pero eso no importaba y hasta tenía un lado positivo. Iba a servir para poner un poco de distancia. Entramos. Prendí la luz de la cocina. No tenía nada para comer pero mejor porque en esa época se me había dado por engordar. Miré por la ventana de la sala. La proa de uno de los tantos pisos. El paraguas de alguien que cruzaba la plaza. Era probablemente un hombre, a juzgar por el paraguas, negro y amplio –como el mío–. Ese hombre, quien fuese, estaba muy contento. Caminaba como las personas cuando pueden permitirse un descuido. Pero a él no podía verlo. Solamente el paraguas abierto. Como un paracaídas. En la inmensidad del parque que, visto desde arriba y en medio de la lluvia, parecía más chico y más perfecto que cualquier comentario que pudiera hacerse sobre él. Si hubiera tenido diez años, no hubiera dudado en abrir la ventana y tirarle algún proyectil inofensivo, como un bollo de papel, o mejor un par de uvas, hasta puede ser que toda una naranja. Me senté en el sillón y me quedé mirando el techo y de refilón a Orson que, a mi lado, hacía lo mismo. Es que los perros tienen que estar al lado de las personas que los cuidan. En nuestra sociedad.

    Llovía.

El traductor de Conrad

El señor Slavomir Olenski era un príncipe retirado. Su nombre entero, que alcancé a ver en un sobre llegado de Varsovia, era una caravana de letras que ocupaban dos renglones y se armaban como un párrafo. En invierno usaba un abrigo largo y gastado de cachemir, con botones un poco diferentes entre sí y la marca de una estrella de David, más oscura, en la solapa. Visto de lejos era todo nobleza. Visto de cerca era el recuerdo de lo que debería haber sido. A distancia prudencial ni siquiera llamaba la atención. Y visto desde abajo, desde la calle, cuando miraba, concentrado, la plaza desde su departamento, la sensación de que hubiera merecido otra ventana con vista a otra plaza resultaba inevitable. En las reuniones de consorcio, insistía en un silencio que enjuiciaba, por contraste, los escándalos tejidos en la entrada, el sótano, el ascensor y las calderas. El príncipe Olenski no se privaba de clausurar la reunión con un suspiro resignado que nos dejaba a todos por el piso.

Sé que hay cosas que deben seguir iguales. Las

cejas kaiserianas. Los hombros del traje azul gastados por barridas de cepillo. Las arrugas que, profundas, parecían no haberle dado tiempo. Una forma de aceptar las adversidades como parte del plan secreto de los días. Si bajaba de un taxi, aunque eso era infrecuente, daba tres pasos para luego darse vuelta, disculparse con el taxista y cerrar la puerta entonces. Cuando bajaba, en cambio, del colectivo, era como si el fantasma de una mano servicial lo levantara en el aire por unos segundos. El tic nervioso en ese empeño de cubrirse las muñecas con el puño de la camisa, siempre blanca. La suma de las partes no daba un resultado en sí desagradable. Por el contrario, encontrarse con Slavomir Olenski en el ascensor era casi una suerte, al menos porque era una ocasión excepcional en el juego de las probabilidades.

Por otro lado, era un señor elegante. Si elegancia, como dicen, es verse bien en todas partes. El señor Olenski armonizaba por igual en los salones de embajada y en los recodos de Retiro.

Cuando hablaba apretaba entre las manos una carpeta de cuero con cierre relámpago. Siempre andaba con esa carpeta que cumplía funciones extraordinarias. Además de servir para guardar lo que serían –a juzgar por su actitud– valiosos documentos, era el sable que el príncipe Olenski apretaba contra el pecho para darme paso al bajar del ascensor, gesto de cortesía que respetaba aun cuando a Orson se le daba por empacarse para después recapacitar y seguirme, la correa floja entre los dos en nuestra unión tan innegable como carente de sentido. En los días de lluvia, cuando nos cruzábamos en la puerta, estuviera por entrar o salir del edificio, el príncipe me acompañaba unos pasos con la carpeta a modo de paraguas. El día en que un acreedor lo increpó delante de unos cuantos vecinos, Slavomir Olenski abrió la carpeta sin mirarlo, escribió algo en una hoja en blanco y se la dio. El día en que el administrador del consorcio le entregó, al bajar del ascensor en planta baja, un telegrama de intimación por falta de pago de las expensas, el príncipe se limitó a abrir la carpeta como si fuera la boca de un cocodrilo con sus picantes fauces. La boca relámpago se devoró el telegrama con la misma rapidez con que, a juzgar por las noticias posteriores sobre la demanda, el príncipe Olenski se olvidó completamente del asunto.

Me llevó, como a todos, algún tiempo advertir que no se trataba de descuido o mala voluntad. Era un hombre habituado a hacer frente por sí mismo a problemas más bien irresolubles. El príncipe Olenski no podía pagar las expensas y encontraba seguramente bajo y de mal gusto explicar las causas de sus dificultades. Fueran las que fuesen, había tenido ya la oportunidad de comprobar que ninguna explicación, por más conmovedora, alcanza a saldar deudas.

Consigno una escena cientos de veces repeti-

da. Paredes, el portero, barría la vereda. Cuando veía que el señor Slavomir Olenski estaba a punto de salir, precedido por la alfombra que iniciaba su camino, Paredes se cuadraba y decía, mirando al horizonte:
—Príncipe.
Entonces el señor Slavomir Olenski lo enfrentaba, a su modo, de costado, también mirando al horizonte de edificios, con la flecha enfocada, como siempre, en el centro de la conversación. Y así, mientras levantaba la mano en el aire como para apoyar su brazo sobre el hombro de Paredes, Slavomir Olenski le decía:
—No me llame príncipe, camarada.
Y siempre, en ese momento, al lado de Orson, como de costumbre, era cuando yo seguía de largo.
Para mí que el encuentro con el príncipe era algo predestinado. No puedo decir que mi vida hubiera sido diferente si no lo hubiera conocido, que es exactamente lo mismo que puedo decir respecto a la incidencia de la forma bastante incómoda de mi nariz o el color promedio de mis ojos, o la intranquilidad del pelo. Nada esencial pero ahí está la diferencia. Un día en que subimos los tres al ascensor, oímos el ruido de rotas cadenas y después nos balanceamos como una hamaca limitada, para golpear contra la nada en un ligero sacudón y entonces sí que el ascensor no se movía. Hice dos cosas: le ordené a Orson

que se sentara –y él me desobedeció–. También le pregunté al príncipe Olenski a qué se dedicaba.

–Soy traductor de Conrad –dijo el príncipe mientras daba un paso hacia delante y después medio paso para atrás.

Por un momento, pensé que Conrad era un sello editorial. Después que Conrad era un señor para el que trabajaba el príncipe Olenski. Pero claro que no, era Joseph Conrad. El escritor. Polaco, como el príncipe Olenski.

–Ah –suspiré, conocedora–. Joseph Conrad.

–El mismo –dijo el señor Olenski.

Y agregó:

–Jósef Teodor Konrad Nalecz Korzeniowski, para ser exactos. Mire ese nombre. Lleva su tiempo memorizarlo. ¿Por qué olvidarlo después? A veces es bueno ser fiel a los recuerdos.

No entendí nada pero era evidente que hablaba con un entendido.

–¿Tendríamos que tocar la alarma? –pregunté.

–No a esta hora –me dijo el príncipe, inclinando ligeramente la cabeza–. El camarada Paredes está en su tiempo de descanso. Lo dice el estatuto.

Faltaban sólo diez minutos para que el camarada pudiera ayudarnos. Y el tema ya había salido.

–Qué interesante –le dije–, traduce Conrad al castellano.

El príncipe Olenski arqueó una ceja.

—No, traduzco Conrad del inglés al polaco, que era su lengua original. Conrad era un escritor equivocado. Él era polaco, no tendría que haber escrito en inglés. Otros escritores pueden hacerlo porque el segundo idioma les resulta natural. Nos pasa a muchos. Usted, por ejemplo, llamaría a las cosas por su nombre si hablara en italiano. Y yo maldigo en alemán. Pero Conrad escribió en inglés porque era impaciente. Hace tiempo que todos los caminos parecen llevar al inglés. Por qué apurarse. Lo considero extremo. Lo mejor de sus historias nos hubiera llegado si las hubiéramos leído escritas por él en polaco y luego traducidas por alguien al inglés. Que era lo que él quería. Verse en inglés. Pero no tuvo paciencia y no quiso aceptar intermediarios. Mi trabajo consiste en traducir sus libros del inglés al polaco. Cuando vuelvan a traducirlos al inglés, van a ser totalmente diferentes a los que él mismo escribió en inglés, aunque tendrán, desde ya, su sello personal.

El sello personal del príncipe era el único resto de su infancia palaciega, pensé. En el dedo chico, un anillo con el sello negro de un escudo repleto de símbolos.

—¿El blasón de la familia? —pregunté, como decían en las revistas de la alta sociedad.

—No —y se rió—, no, no, no —casi se agachaba de lo que se reía—. Es el escudo de mi cuadro de fútbol en Polonia, yo soy un hincha de la primera hora.

Y la palabra hincha rebotó en mis oídos espantados. No le quedaba bien. Y él lo sabía. Pero todo pasa, aunque parezca interminable, y antes de lo que creímos el ascensor había retomado la marcha.

Un día después lo vi entrar, muy apurado, a la Richmond. Pero siempre iba apurado a todas partes. No tenía tiempo que perder. Era alguien decidido. Una noche me di cuenta de que estaba borracho porque parecía más joven. Otra, que la soledad le picaba porque me dijo algo en francés, que por respeto no transcribo. Y una tarde lo vi, pensativo, subiendo a bordo de la escalera mecánica de Gath&Chaves. Estaba siempre al filo del ridículo pero era su habilidad para hacer equilibrio todo el tiempo lo que hacía que este señor resultara por lo menos especial.

En la pila de correspondencia de la entrada, había sobres grandes coronados con emblemas y otros sobres partidos en diagonal por la franja oscura del luto. Nunca entendí por qué Paredes no desplegaba su correspondencia como naipes, como a todos. En una esquina del mostrador de la entrada, había una torre exacta hecha de cartas, que era la montaña para el señor Olenski. Quizá era porque era realmente una montaña. Todos dirigidos para el príncipe Olenski desde ciudades que integraban el mapa castigado de la Polska Rzeczpospolita Ludowa. Nombres en alemán, en bielorruso algunas veces. Y estampillas que decían Wroclaw, Poznan, Gdansk, Lodz, Cracovia. Todo iba a parar a su carpeta. No podía decirse lo mismo, en cambio, de una publicación barata que recibía de manera irregular. El señor Slavomir Olenski rompía la faja blanca con la dirección y el remitente. Y leía como loco, asintiendo como un sabio. Sus amigos de allá, decía Paredes, publicaban ese diario con profundas reflexiones y dibujos que llamaban a la acción. Músculos que levantaban pesadas herramientas. Láminas reducidas con hormigueros de personas esqueléticas pero abrazadas. Debo haber sido la única que votó para que lo dejaran tranquilo. No pagaba las expensas pero era solidario. Hacía todo lo posible por no molestar a nadie.

–Mucho príncipe –dijo el presidente de la asamblea–, pero no tiene un cobre.

Bajé la cabeza para tomar envión. A mí me pareció que a este señor se le había ido la mano. Y le dije que yo creía que:

–Usted acaba de mudarse a este edificio y no entiende nada. Este es un edificio de estilo, de categoría, dicen los anuncios, y pienso que tendríamos que obrar en consecuencia.

El presidente del consorcio se puso colorado de vergüenza. Pero no había sido, al parecer, por mi culpa. Una mano se había apoyado sobre mi hombro llamándome a silencio. En medio de la discusión, nadie había visto entrar al príncipe. Que dijo:

–Muchas gracias. No hace falta. La semana que viene abandono el departamento.
Con la voz definida. Los nervios sin embargo pudieron traicionarlo. Antes de darse vuelta, el señor Slavomir Olenski, abrió el cierre de la carpeta y lo cerró. Para qué, nadie lo supo. Tampoco interesaba. Escuchamos el sonido de algo que caía rápido desde una ventana. Fue peor que si hubieran apuntado un cañón hacia nosotros en el momento en que la mecha prende fuego. Me resultó paradójico admirar a un capitán que abandonaba un barco que se hundía, quizás en el fondo de mis ojos. Pero también pensé que a lo mejor él era el barco y nosotros el océano. Hubiera hecho cualquier cosa por el señor Olenski en ese momento. Pero no pude. Porque el señor Olenski, además de hombre de letras, era un hombre de palabra.

Con no poca indignación, vi al príncipe juntar cuanta caja de cartón se encontrara en el camino. Hacía excursiones breves a la ferretería y volvía con ovillos de piolín y planchas de papel color madera. Paredes lo ayudaba con el embalaje.

Una tarde me avisaron que habían improvisado una subasta. Era el último día y remataba lo que no podía llevarse. El martillero tenía unos anteojos con recuadros congelados y prismáticos, y uno de esos martillitos que usan los médicos para probar los reflejos. Slavomir Olenski se paseaba de una punta a otra del cuarto de al lado, con la puerta entornada. Antiguo juego de plata sellada inglesa, colección Olenski, decía el hombre y a su lado, una mujer, con forma de asistente de mago, enseñaba a los presentes tetera y samovar opacados de amarillo, cucharas desparejas con empuñaduras de piedras transparentes, copas que se habrían salvado de la exageración de un brindis, un trinchante con las puntas como ganchos. Sin firma, gritaba el hombre desde lo hondo de su garganta. Cuadros del tamaño de una mano con retratos de mujeres pálidas y manchas de humedad. Un mueble indescriptible por lo absurdo, con cajones secretos. Un huevo de Fabergé totalmente descascarado. Mapas encuadernados en tapas de cuero de jabalí. Alhajeros sin nada. Una lupa con marco de carey. Cuando salió a remate un ejército maltrecho de húsares de plomo, el señor Slavomir Olenski hizo su primera oferta, con la mano izquierda en alto. Lo miraron con indignación. El presidente del consorcio, que había hecho buen negocio al comprar unas tacitas de porcelana, no se privó de comentar, por lo bajo, que era inapropiado que el señor Olenski se permitiera semejante lujo, teniendo en cuenta la situación por la que atravesaba. La gente no perdona los breves entusiasmos de los que están en la desgracia. Una mujer dobló la oferta y el señor Olenski se dio por vencido. No di tiempo a que el martillo golpeara por tercera vez sobre la mesa del escritorio, en que en los bordes se apilaban hojas y hojas escritas con palabras raras.

Me acerqué al martillero y dejé el par de billetes sobre el escritorio. Los húsares de plomo cayeron al descuido adentro de una caja. Le guiñé un ojo al príncipe. Desperté a Orson, que dormía, redondo, sobre la alfombra, y nos fuimos. El señor Olenski nos siguió.
Esperó el ascensor a nuestro lado, con las manos cruzadas detrás de la espalda. Me cedió paso y Orson tomó la delantera. Una vez dentro, el señor Olenski me anunció que tenía pensado acompañarme hasta el séptimo piso. Hablamos del clima, de la trompa de Orson –muy graciosa, por cierto–, de lo bien que lustraban los Paredes los herrajes de bronce, esas cosas, sin acercarnos a las proximidades de la zona de necrosis de nuestra despedida. Que parecía tan corta y ni me daba tiempo de entregarle la caja en que yacían apilados los restos de su ínfimo regimiento. Dejé caer mi parte de la correa de Orson al piso y el señor Olenski se inclinó para levantarla. Sólo tuve que apretar el botón que decía parar y oímos el ruido de rotas cadenas, antes de balancearnos como hamaca limitada para llegar al breve sismo y entonces detenernos. El príncipe Olenski, asombrado, me habló en un idioma que yo no comprendí. Fue breve pero sincero y podría jurar que estuvo muy bien. No pude decir nada. Cuando le di la caja, la aceptó con una sonrisa generosa. No encontré ninguna excusa para justificarme y evité el espejo porque estaba

segura de que al verme me hubieran dado muchas ganas de llorar.

–Resista –me dijo el señor Slavomir Olenski en un castellano impecable–. Resista.

Y en ese momento el señor Slavomir Olenski me pareció, admito, irresistible. Con una sonrisa más feliz que resignada, tocó el número 7 y me llevó hasta mi casa.

–Príncipe –dijo Paredes, al otro día temprano a la mañana.

El príncipe Olenski dejó su valija de cuero gastado en la vereda. Con la carpeta debajo de uno de los brazos, miró la línea oscura en declive de la plaza. Levantó el brazo libre, como para apoyarlo sobre el hombro de Paredes.

–No me llame príncipe, camarada.

Al otro día a la mañana, vi a Paredes mirando, empecinado, el horizonte de edificios. Pasé a su lado y lo saludé inclinando la cabeza. Paredes negó, lento, con la suya. Es que el señor Olenski, como le gusta repetir aún al camarada Paredes, no era ningún improvisado. El señor Olenski tenía un nombre que era muy largo, del que no puedo acordarme algunas veces. El señor Slavomir Olenski anda, estoy segura, por ahí. Él era un hombre de palabra. El traductor de Conrad. Era uno de los nuestros.

Entrada de servicio

Durante un tiempo, gocé de cierta fama como escritora. Vi mis libros, apoyados, varias veces, en la mesa de algún bar. Una vez, mientras hojeaba un fajo de mapas antiguos en una librería, oí a un hombre que, de mala gana, preguntaba por una de mis novelas y se excusaba de esta manera delante del vendedor: un encargo de mi mujer. El vendedor se trepó a una escalera que andaba sobre rieles dispuestos en el canto superior de una biblioteca inmensa. Al rato, contento con esa felicidad de quien cumple con su deber, saludó al señor desde la altura, empuñando mi novela como si fuera un trofeo, y tanta diligencia de su parte me hizo hasta pensar que para ese hombrecito, demasiado alto y blanco, era casi un milagro quitarse ese libro de encima.

Mis novelas, impresas, tenían el mismo olor que tienen todas las novelas que no serán un clásico. Los clásicos siempre huelen bien, en cualquier tipo de edición, aun en la primera. Pero en libros que invalidan en sí su relectura, ese olor se interrumpe, casi siempre hacia la mitad, con el de las cosas que tocamos. Y todo pierde consistencia. En la tapa había siempre una mujer, con el cuello del largo del cuello de un cisne desnutrido, los ojos abiertos como platos, todo un porte de mujer que hace frente a las adversidades con la determinación de quien sabe que, después de todo, habrá un final feliz. No puedo decir que realmente me gustaran, menos que menos que llegaran a darme un poco de satisfacción literaria. No me engañaba.

Mi biblioteca, a cuyos estantes más altos apenas llegaba subiéndome a una silla, contaba con libros capaces de derrotar ejércitos enteros de historias medianamente bien contadas. Lo que se dicen buenos libros. Bajo ningún concepto pretendía igualarlos. De todas formas cada tanto me dolía darme cuenta de que, más que distintos, esos libros y los míos eran directamente incompatibles. No faltaban la épica, la poesía matriz, los ensayos de Gredos de ese color marfil que resiste o anticipa el paso del tiempo. Tampoco puedo mentir, asegurar que un día me paré en la plaza, miré a Orson y en forma inopinada pensé: voy a ser escritora, lo mío son las letras. En todo caso ya a esa altura era innegable que yo era, y a mucha honra, una auténtica rata de biblioteca.

Pero una tarde de verano, sentada frente a un ventilador pesado como plomo, mientras respondía a una carta absurda y aburrida haciendo un proyectil aerodinámico con ella, con la otra mano empecé a teclear en la máquina como un pianista aburrido y probé de anotar un nombre, seguido de un apellido, que se remontó en una genealogía entera de personas. Sé que de golpe me di cuenta de que Orson jugaba con las páginas que salían volando por la fuerza del ventilador. Sé que al terminar las apilé de la mejor forma posible. Que había una aureola con el canto de una taza de té grabado en las tres últimas. Y que ese fue el origen del primero de los títulos, *El círculo del centro*. Imposible reproducir el argumento, nadie puede contar lo que no cuenta. Pero había una conspiración en los salones de La Ideal, El Paulista y Harrod's.

Dicen, dime cómo escribes y te diré quién eres. Me afilié a una asociación de escritores, gobernada por el triunvirato de dos señores y una señora que siempre parecían tener un alfajor en la mano. Harta de tés y círculos de encuentro en los que todos discutían para atacar de inmediato y en conjunto a los más nuevos, un día no dije basta pero falté a una reunión, asentando la primera de una larga serie de ausencias, a la que he permanecido fiel durante toda la vida. Dado que la entrada era libre y gratuita, la salida era difícil y trabajosa. Mucho más fácil que irse era quedarse pero sentada en la butaca preferencial, desde donde se ve todo y nadie puede verme bostezar. Por ser breve, había sido una experiencia negativa.

Será por eso que empecé a frecuentar un bar

en donde se reunían los que estaban escribiendo historias o poesías que anunciaban la llegada de un fenómeno que era nada menos que ellos. Un poco aburrida de oírlos contarse historias de borrachos, siempre protagonizadas por otros, me di cuenta de que se parecían bastante a los golfistas, con la diferencia de que los jugadores de golf creen en el handicap. Al tiempo formé parte de un club de lectores. Pero nunca conocí a los otros socios. Poco después, me introdujeron en una especie de salón literario en el que nadie quería reconocer que le gustaba escribir. Llegué a esa conclusión al darme cuenta, al promediar la cuarta reunión, de que se empeñaban en hablar de todo menos de libros. Era gente decidida a pasarla muy bien de todas formas. Cuando alguien se acercaba para pedirte fuego, lo menos que podías encontrarte era un tipo con los labios en narguile. La novela que veneraban se llamaba *La cuchara de plata*. Decían que les gustaba escribir de noche. Todos eran insomnes. Tanto pastillero que se abría y se cerraba, tanta medalla partida en dos, esa manía de ir de acá para allá, eran claros síntomas de que no podían parar. Era gente divertida y sociable porque siempre hablaban de las clases sociales. La verdad es que la pasaba muy bien con ellos, era como estar de vacaciones, pero tuve que replegarme porque no podía seguirles el tren de vida. Después hice lo que hace cualquier persona en pleno uso de sus facultades. Me aparté de todos para ingresar, sin darme cuenta, en una asociación más que numerosa. Se llama el club fatigado de los que giran y giran.

En las salas de espera se me venían a la cabeza historias bastante buenas, una vez hasta pensé en salir corriendo del consultorio del oculista para ir a casa a escribir una. Muy parecido a lo que pasa cuando se sueñan historias y se sabe que al despertarse y no poder contarlas una va a sentirse muy mal. Como pasar por una vidriera, ver una oferta realmente tentadora, un saldo irresistible y más que conveniente, y seguir de largo y volver arrepentida al otro día para descubrir que la fugacidad es un rasgo esencial de las contadas veces en que tenemos buena suerte.

Un día estaba en la sala de espera de un conocido traumatólogo. Todos le decían El Vasco y a pesar de que era evidente que no era muy ortodoxo, pedí hora y fui. Me dolía la espalda. Me pesaban las rodillas. Sentía una opresión sólida en el cuello. La cintura como si fuera un puente de lo más transitado. Me dolía la cabeza y estornudaba todo el tiempo, aunque no creía que esto último tuviera relación con el dolor de espaldas. Pero al estornudar primero me estiraba, después me contraía, después asentía con la cabeza y eso no me ayudaba en nada. Ese día había amanecido casi momia. Caminaba bastante parecido a mi perro Orson. La secretaria de El Vasco me llamó desde su escritorio, que parecía la recepción de

una cárcel. Nombre, apellido, edad –en voz más baja–, motivo de consulta, etcétera, etcétera. El doctor era un hombre bajo pero imponente. Su delantal no era como el de otros médicos y, a pesar de la cantidad de títulos universitarios que respaldaban su mesa de trabajo, tenía todo el aspecto apurado y curtido que tiene un enfermero. Me dijo que me parara de espaldas a la pared que enfrentaba la de él.
–Ajá.
–Ahab –repetí. Si daba un paso en ese momento la espalda me dolía tanto que iba a parecer un compás rotando sobre su eje. Me sentía un limpiaparabrisas.
–Malformaciones congénitas –dijo el doctor.
No sé por qué, miró una regla que tenía sobre el escritorio, la levantó con una mano, la miró otra vez y concentrado en eso dijo:
–Tiene que hacer el tratamiento del horno.
El horno estaba empotrado a una pared y ahí me metía el doctor una vez por semana. Recuerdo la salida de la primera sesión. Llegué a la calle totalmente aliviada. Doblé en la esquina y sentí que una de mis piernas se demoraba, se resistía ligeramente a seguir el paso de la otra, es más, al levantar el pie parecía como imantada a la vereda. Miré bien. Había pisado un chicle.
Ese día volví a casa y empecé a escribir una novela a *Lo que el viento se llevó* pero que pasaba en una plantación de caucho. Hacía tanto calor co-

mo en el horno y había una esclava que se había dado cuenta de que no le enseñaban a leer a propósito. Todo terminaba con un gran incendio y el cuerpo lastimado de la esclava, quien libre –y a qué precio–, se erguía como un espantapájaros y salía caminando entre las cenizas con una sonrisa bastante parecida a la de un deprimido. Lástima que en esa época, como siempre, nadie me preguntara en las entrevistas qué era escribir. Es soñar a propósito, me decía cada tanto. Y fue para lo único que me sirvió el tratamiento con el doctor vasco. Además de para reducir considerablemente mi pobre saldo en el banco.

Pero la idea de un saldo a esa altura era riqueza. Quiero decir que todavía pensaba que podía arreglar las cosas si sacaba cuentas. Y las sacaba, pero era inútil. Empeoraban. Entonces escribía. No tenía otra cosa para hacer. También podía callarme pero para eso siempre estaba a tiempo. El silencio borra todo.

Una tarde, en una especie de justa poética en Flores, una poetisa me increpó delante de todo el mundo y me dijo que yo me creía Virginia Woolf. Me dijo que a Virginia Woolf nunca se le hubiera ocurrido escribir una nota como la que yo había escrito para un diario de La Plata. Le dije que no se preocupara porque yo, por mi parte, no tenía pensado escribir una novela que se llamara *Al Faro*. Pero hasta eso me sirvió porque fue el disparador de mi próxima novela: *Orlanda*.

La vida es más injusta que la literatura. Los libros no son ni más ni menos que el intento de hacer un poco de justicia. A veces de protestar. A veces de decir directamente que no se entiende nada. Para venir el año entrante con la novedad de que puede explicarse todo. Para concluir que más que de una pregunta se trata de un enigma. Es verdad eso que dicen de que uno se pregunta al escribir. Yo me preguntaba, por ejemplo, cuándo se me iba a pasar ese dolor de espalda, por qué la mayoría de la gente que no lee se jacta de no leer –como si yo me mandara la parte porque nunca se me dio por lanzar la jabalina, por ejemplo–, si tenía o no tenía que darle el gusto a un amigo que había decidido convertirse en una especie de madre y de hija –que se llevan mal– al mismo tiempo. Me preguntaba cuándo iba a parar de llover. Si Orson era un perro feliz. Todo mientras escribía. Y el hecho de que no me inquietara demasiado perderme siempre la respuesta, demuestra que en ese mar de preguntas yo navegaba con toda comodidad, seguramente porque escribir, más que preguntar, es afirmar la pregunta de una vez por todas.

La gente siempre me trató bien. Pero por lo general a mí me disgusta estar en constante compañía de otros. Objeto de mis fobias: el *altogether now*. Entonces en las historias hablo de la soledad. Si es un *thriller* psicológico, de los que vienen a interrumpirla. Una novela de aventuras: el camino hasta alcanzarla. Una epopeya, cómo sostenerla –curiosamente eso fue algo que no traté de hacer nunca–. Intimista: no puede haber una novela intimista sobre querer estar sola. Es una contradicción por donde se lo mire. Erótica: imaginen. De terror: la vida de un personaje condenado a vivir en un crucero. Y de ahí en más. De todo. Pero a mí me funciona un poco así la cabeza.

Como nunca entendí mucho lo que estaba haciendo, en un arrojo de coherencia, hice mía la causa de la mayoría de los escritores, que aseguran, y creo que es verdad, que al escribir tal historia, leen esto o lo otro. Cada historia tiene su biblioteca inclusa. Y lo apliqué a mi caso particular. Como no entendía bien lo que hacía, leía intencionalmente libros que no entendía y alguna vez, cuando me pareció que entendía todo, leía en francés aunque ese idioma nunca haya sido mi fuerte. Es que yo soy bilingüe: no sé ni inglés ni castellano.

Nunca tiré nada de lo que escribía pero no por oficio ni porque pensara que los borradores, o las primeras versiones, y las segundas y los apéndices en frascos de formol, valieran demasiado la pena. Se debía a dos temores. Uno era que un día cambiara de opinión y empezara a gustarme lo que antes no me gustaba. Si últimamente lo que me gustaba dejaba de interesarme, podía pasar lo mismo a la inversa. El otro miedo era hijo de la historia familiar. Mi tía abuela había tenido arterioesclerosis, aunque eso no alcanzaba para justificar sus extravagancias. Mi abuela me miró un día y me preguntó, cuando yo tenía diez años, hacía cuánto que iba a la facultad. Uno de mis tíos perdió la memoria frente a la mesa de punto y banca del casino de Mar del Plata. A mí podía pasarme lo mismo. Y entonces guardaba todo lo que anotaba. En el fondo, me imagino, lo que pasaba es que me estaba poniendo vieja: cuando una civilización se preocupa por dejar edificios de recuerdo está a poco tiempo de empezar a hundirse.

La constancia nunca fue lo mío. En nada, en mi vida. Pero también es cierto que no pasé un día de mi vida, desde que empecé a escribir, sin pensar en eso. En escribir esto o lo otro, en adivinar por qué diablos a tal se le había ocurrido despacharse con un tema insólito. Todo me importaba. No escribía todos los días, ni todas las semanas, ni todos los inviernos. Una historia más de amantes que matrimonial. Con todos sus encantos y sus dificultades.

Una era esa vacilación a la hora de decir que escribía. A veces me parecía lo más bien. Y otras, me daba vergüenza. Era una relación que no siempre declaraba aunque tampoco siempre escondía. A veces, como los amantes, me complacía en darlo a entender. En decirlo solamente si del otro lado me presionaban para que lo hiciera. Además no creía en eso de ser escritor a menos que se escriba todo el tiempo. Y a la vez me daba cuenta de que podía permitirme ese lujo porque los escritores que yo admiraba hacían exactamente lo contrario.

Yo escribía sobre lo que se me viniera a la cabeza. En la seguridad de que lo que podía explicarse tenía causas tan arbitrarias como lo que no. En esa época descubrí, junto a todo un listado de médicos, que era alérgica. Estornudaba todo el tiempo y así tenía la espalda. Cuando encima me acordaba de las veces en que El Vasco cerraba la compuerta de ese horno que te relajaba porque te derretía, me enojaba y me enojaba y estornudaba el doble. Todo lo que me aconsejaron para mi recuperación –vida poco sedentaria, en términos generales– era un complot contra esa cosa de sentarme a escribir para matar el tiempo, a veces hasta pensando que podía llegar a hacer eso durante toda la vida. Dejé de escribir. El dolor de espalda seguía, consulté otros médicos, que me derivaron a otros, y uno hasta me aconsejó hacer una peregrinación a no sé que iglesia en la provincia de Buenos Aires. Terminaron por recomendarme que empezara un psicoanálisis ortodoxo. No puedo contar nada de eso porque es secreto profesional pero, en términos generales, el analista me llevó a admitir que lo que yo necesitaba para sentirme mejor era volver a escribir aunque me doliera la espalda. Pero el corazón tiene razones que son una verdadera estupidez.

Lo concreto es que un día se rompió mi ventilador. Hacía ruido de guerra. Después de tren terminal. Las hélices dieron la última vuelta entre saltos. En la pared, una chispa indicaba, intermitente, la ubicación exacta del enchufe. Olor a quemado. Zumbido de mosca eléctrica. Dos segundos de silencio tan largos como el minuto de silencio de los duelos. Fue mi experiencia Brönté. En menos de un segundo, la cortina estaba hecha un fuego.

No lo pensé dos veces y será seguramente por eso que no se me ocurrió nada mejor que el *tap* del pánico. La casa estaba a oscuras. También mi entendimiento. Pero el fuego iluminaba y pude llegar a la cocina, donde había una botella de agua al lado de la de leche y con las dos empecé a extinguirlo. Más que a extinguirlo: a convencerme de que su reacción dependía totalmente de la mía. Se apagó todo. Me quedé otra vez a oscuras. Entonces, el olor del papel quemado. Siempre apoyaba la pila de hojas, que sacaba de un tirón de la máquina de escribir, en el suelo. Justamente porque el ventilador las hacía volar si las apoyaba sobre el escritorio, como hacen los escritores de verdad. Los escritores de verdad, pensaba, mientras metía una vela en el cuello de una botella y hacía magia con el encendedor. Ellos apilan la pila a su derecha mientras se oye el inconfundible clic del rodillo. Pero si se me volaban, como en la primera novela, iba a estar perdida.

Apoyaba una página encima de la otra, boca abajo. Muchas veces sobre la torre que estaba levantando desde hace meses, hasta años. Y esa pila estaba hecha cenizas. De no ser por algunos fragmentos de papel que en sí mismos no querían decir nada.

Miré la ya no pila de papeles convertidos en hollín. Y en ese momento me di cuenta de que estaba escribiendo sobre algo de lo que no recordaba nada. Que por eso me daba miedo que las hojas se volaran. Porque no recordaba sobre qué estaba escribiendo. Era un mal indicador.

Había humo y prendí un cigarrillo, para sentirme como en casa. El olor a quemado es casi tan malo como el olor de lo que se quema en vivo y en directo. Estaba todo mal, pensé. Me había equivocado de raíz en el planteo. Para empezar, que la memoria y sus olvidos son un mecanismo de defensa. Y era significativo que no pudiera recordar aquello que estaba contando. Y a la vez quería decir que si no lo recordaba era porque no lo había vivido y entendí que era cierto que es mejor escribir sobre lo que se conoce. Ya que había prendido un cigarrillo me tomé un trago. Ni en el Plaza. Era el balance de mi vida entera.

Podría haber tomado el gran camino y explorar, como dicen y hacen los escritores que me gustan, eso que sabía, de lo que podía hablar con cierta autoridad y auténtica atracción, eso que está tan cerca. Pero lo que yo tenía más cerca era lo que menos conocía –me di cuenta mientras le daba un poco de agua a Orson–, era eso que me asustaba al punto de que me las arreglaba para quedarme cada vez más tiempo y, sin querer, encerrada en casa. Era la gente que me rodeaba y eran las mismas paredes del edificio donde vivía. Todo cambiaba con una lentitud extrema pero el día en que el cambio se cumplía te encontrabas con una realidad que era como un golpe.

¿En qué momento se había puesto así la alfombra de la entrada? ¿Por qué ahora había días en que Paredes, el portero, custodiaba la puerta vestido como para ir a una doma? ¿Cómo fue que los del sexto se separaron? No tener la hora exacta, en horas y minutos y segundos, en que la gotera crónica se había vuelto océano. Alguien se había robado el número siete de la botonera floja del ascensor –había sido yo–. Era esta sensación de que no había nada tan cerca de mí como para que yo pudiera hablar sobre eso. Que la cercanía no implicaba necesariamente, y casi nunca, que las cosas mejoraran. De que justo en el momento en que dejara de pensar para poner las cosas por escrito, era cuando iba a pasar lo más importante. Se me iba a escapar lo que realmente hubiera hecho que valiera la pena haber empezado. Desde entonces monto guardia permanente.

Tampoco elegí la opción silencio. Eso no está en mi naturaleza. No está en la naturaleza de ningún lector. Los lectores son personas de acción que creen en la actividad de las palabras. Y yo era una lectora para siempre convencida de leer. Tampoco me dediqué a la crítica, ni me dediqué a enseñar, ni tomé un curso o dos o tres, ni me fui de viaje. Iba a contar lo que veía. Con esa familiaridad y ese miedo con que lo veo y no lo veo cada día.

En casa, en mi laboratorio. Como no salía mucho, comprendidas las seis cuadras de paseo con Orson dos veces por día, ese era mi mundo. También era mi infierno, también era lo mejor. La torre escalonada que se hunde en la bajada hacia Retiro. Cualquiera de las personas o situaciones aquí contadas no guardan parecido intencional con ninguna persona o situación de la vida real.

No vayan a creer.

En la isla del tesoro, el tesoro es la isla, me digo, al ver, una vez más, las letras quietas en la máquina.

La alergia sigue, la espalda duele, sobre todo cuando está por llover.

Pero le hago frente a estas adversidades en el convencimiento de que, después de todo, habrá un final feliz.

A la hora señalada

Conocí a una pareja. Eran el señor Paso y la señora Rentzel. Los encontraba casi todas las tardes, a la hora señalada, cuando volvía de pasear a Orson, en el hall de la entrada de servicio, frente al ascensor. La señora Rentzel llegaba de hacer las compras en el almacén y el señor Paso llegaba, cansado aunque feliz, de su trabajo en la aseguradora La Continental. En ese momento, que siempre me pareció interminable, no demostraban mayor interés el uno por el otro. Apenas se miraban mientras los números se iluminaban, en cuenta regresiva, en el tablero de bronce hasta llegar a planta baja. Las puertas se abrían, el señor Paso la dejaba entrar y la señora Rentzel aceptaba. Se enfrentaba en el espejo, donde ensayaba una sonrisa encantadora, que primero nos dirigía a Orson y a mí para entonces dedicarle al señor Paso. Al llegar al cuarto piso, el señor Paso y la señora Rentzel parecían desesperados por bajar, debido a lo que primero imputé a una compartida claustrofobia y sólo con el tiempo, descubrí, a las ganas de estar solos un momento. El señor Paso y la señora

Rentzel subían al ascensor con la ansiedad de dos personas que abordan un vuelo en pleno pánico a la altura. Cuando la puerta se cerraba, los veía sonreírse, aliviados, caras de beso de película. El señor Paso y la señora Rentzel se querían.

Pero el señor Paso estaba casado con la señora Paso y la señora Rentzel estaba casada con el señor Rentzel. El señor Rentzel y la señora Paso no se dirigían la palabra, de una manera a veces notable y con frecuencia agresiva, en la convicción de que, si no compartían un gran amor, los desunía, injustamente, una grandísima vergüenza.

El señor Paso usaba agua de colonia Floris y la señora Rentzel olía siempre a un perfume de Madame Schiaparelli. Cuando se encontraban esperando el ascensor, el señor Paso ya olía al perfume de Madame Schiaparelli y la señora Rentzel dejaba una ráfaga de Floris pendiente detrás de ella. El señor Paso y la señora Rentzel se sentían atraídos, qué remedio. Un día, el Floris y el Madame Schiaparelli coincidieron. El olor de su resumen impregnaba el ascensor. El señor Paso y la señora Rentzel se entendían.

La señora Rentzel tenía la costumbre de asentir con la cabeza cuando alguien le hablaba. El señor Paso era ese tipo de personas que entornan los ojos mientras oyen a quien le habla.

–Realmente no entiendo –le dijo el señor Rentzel a la señora Rentzel, de muy mala manera, un día en el ascensor. Lo que no entendía el

señor Rentzel era el empeño inusitado de su mujer por participar en una reunión de consorcio.
Por toda respuesta, la señora Rentzel entornó los ojos. Su marido la miró, muy extrañado, y después no dijo nada.
–¿Es necesario que hoy también te quedes hasta tan tarde en la oficina? –le preguntó la señora Paso a su marido otro día en el hall de entrada.
El señor Paso asintió, callado, con la cabeza.
El señor Paso y la señora Rentzel.
Los unía el rumor de su romance, el secreto y su empeño central en nunca declararlo. Los unía el ascensor. La señora y el señor Rentzel vivían en el 4º A. El señor Paso y su mujer vivían en el 4º B, mismo pasillo, puerta de por medio.
Pasaban cosas raras. Algunas veces, el correo dirigido a la señora Rentzel caía en manos del señor Paso, que entonces la esperaba en el hall de entrada para solucionar lo que él llamaba un gracioso malentendido. Le daba el sobre, después de disculparse por haberlo tomado por error de la casilla de correspondencia de la entrada. La señora Rentzel lo perdonaba de inmediato. Después cambiaban de tema y comentaban, con parejo entusiasmo, las novedades del diario, incluso el pronóstico del tiempo. Ni hablemos de los domingos culturales. O los días post-estreno.
Todos los días, a las siete en punto de la mañana, el señor Paso le decía a su mujer:

–Paredes nos trajo el diario equivocado.
A la misma hora, la señora Rentzel le decía a su marido, mientras mordía una tostada:
–Otra vez el portero. Se equivocó de diario. Esto no puede ser. Ya vengo.
Abría la puerta de entrada y se asomaba al pasillo. El señor Paso volvía a casa con el diario en menos de dos minutos. Se sentaba a terminar de tomar el desayuno con su mujer, mientras se pasaba la lengua por los labios, alguna vez para borrar las huellas de la jalea de la tostada que comía la señora Rentzel, y muchas otras con tal de disfrutar, hasta último momento, el beso de la señora Rentzel. Se querían tanto que una vez separados seguían juntos, como cuando alguien se queda en la estación viendo el tren que se aleja hacia otra con todo su equipaje.
El señor Paso y la señora Rentzel se las ingeniaban como fuera para verse.
En el mostrador de la farmacia Resnik, algunos jueves a la tarde, la señora Rentzel compraba Neurotónico Andrómaco mientras el señor Paso se pesaba, impasible, en la balanza. Cuando la señora Rentzel esperaba a que le entregaran el paquete, el señor Paso encargaba un frasco de Loción Capilar Weissmüller. La señora Rentzel no podía dormir porque a la noche era imposible encontrarse con el señor Paso y el señor Paso no necesitaba estrictamente aplicarse la Loción Weissmüller –tenía una cabeza sin blancos, sin entradas– pero aun así

lo hacía con tal de entretenerse frente al espejo del botiquín del baño, mientras su mujer lo esperaba en la cama hasta quedarse dormida. Las noches del señor Paso y la señora Rentzel parecían interminables. También su sentimiento.

Una vez los vi en el cine. La señora Rentzel se había sentado en una de las filas de adelante y el señor Paso dominaba la panorámica de la sala desde el fondo. La señora Rentzel se daba vuelta en la butaca algunas veces. Al mismo tiempo, el señor Paso la saludaba desde lejos agitando el programa como si fuera un pañuelo. Cuando la película terminó, se cruzaron a la salida. Qué coincidencia, se dijeron. Si parece mentira, agregó el señor Paso. Se separaron en la esquina. El señor Paso se alejó marchando, en una dirección, y la señora Rentzel, tomó, a ritmo de astronauta, la dirección contraria. Había días, como ese, en que parecían tristes.

Y así con todo. La señora Rentzel era una loca de los postres. Cada tanto se daba el gusto de ir a la bombonería de Harrod's y ahí compraba esos bloques armados con hostias rellenas de dulce de leche, que un pastelero, con bonete de chef y pinzas de cirujano, bañaba en chocolate. Una tarde, subí con el señor y la señora Paso en el ascensor. La señora Paso se veía alterada y no pudo contenerse. Miraba, desafiante, el paquete de bombones de Harrod's que el señor Paso llevaba en la mano.

—¿Qué es eso? —preguntó la señora Paso.
Ni lerdo ni perezoso, el señor Paso dijo:
—Son bombones de dulce de leche, te los traje de regalo.
La señora Paso no gritó pero dijo:
—¿Y desde cuándo me gustan a mí los bombones?
—Nunca es tarde —le dijo su marido, totalmente impasible, mientras entornaba los ojos para consultar el reloj.
La señora Paso no dijo nada pero los labios le temblaban y su nariz parecía una aleta peligrosa entre olas de emociones.
Cuando llegaron las fiestas, el ánimo de la señora Rentzel y el ánimo del señor Paso coincidieron en un gesto de nostalgia. Los vi parados, conversando, frente al inmenso árbol de Navidad que Paredes había armado, con más voluntad que oficio, en el hall de entrada. La señora Rentzel suspiró y el señor Paso no se quedó atrás. Orson pensó que el árbol merecía su sello personal y yo pedí disculpas. La señora Rentzel acarició a Orson con su mano flaca y suave al mismo tiempo. Y el señor Paso miró a Orson con ojos de sana envidia. Los Rentzel iban a pasar las fiestas en la casa de la familia Rentzel, en Bragado. Eran apenas unos días pero ni ella ni el señor Paso pudieron tolerarlo.
Lo supe cuando los Rentzel regresaron. Hacía muchísimo calor. Paredes había desarmado el árbol después del día de Reyes. Una de las esferas

que lo adornaban había caído, en un descuido, en la alfombra. El señor Rentzel la pisó sin darse cuenta y su mujer lo miró como si fuera un criminal. Resignado, el señor Rentzel apoyó la valija, llena de calcos con nombres de ciudades que daban de por sí la vuelta al mundo. Levantó el resto del adorno y lo miró con disgusto, antes de tirarlo al cenicero de bronce. Subí con ellos al ascensor. Llevaba en una mano la correa de Orson y un paquete de la rotisería de la avenida Córdoba en la otra. La señora Rentzel, que era tan educada, miró el paquete de la rotisería. Se tapó la nariz y la boca con la mano.

–¿Otra vez? –preguntó, de mal humor el señor Rentzel.

Ella hundió la cabeza entre los hombros y bajó corriendo del ascensor sin decir una palabra. El señor Rentzel miró el techo del ascensor antes de decirme:

–Disculpe, debe haber comido demasiado en las fiestas. Se siente mal.

Pero al día siguiente, en el hall de entrada, vi a Paredes ayudando a la señora Rentzel a llegar al ascensor.

–Solamente un mareo –me dijo Paredes antes de guiñarme un ojo.

Subí con ella. Advertí, preocupada, que la señora Rentzel miraba con insistencia el paquete de la rotisería que yo llevaba en la mano. Lo escondí como pude para que el olor no la molestara.

—No —casi me pidió la señora Rentzel—. ¿Qué es eso? ¿Pollo con papas españolas?

Asentí, avergonzada, y le pedí disculpas. Ella sonrió.

Cuando el ascensor llegó al cuarto piso, la señora Rentzel no quiso bajar. Se ofreció a acompañarme hasta al 7º porque, aseguró, tenía que hacer algo en la calle antes de volver a casa. Me dijo que el olor de mi comida le había dado hambre y, con una ansiedad poco común, me preguntó si la rotisería estaba abierta todavía. Miré el reloj.

—Lo dudo, dije.

A la noche, cuando saqué a Orson para su ronda nocturna, pasé por el restaurante del Bajo. Sentados en una mesa de la ventana, vi a la señora y al señor Rentzel. El señor Rentzel parecía disgustado. La señora Rentzel comía, feliz y rápida, una pata de pollo con papas finas como láminas.

El escándalo se desató en medio de una reunión de consorcio. Ahí estábamos todos. La orden del día era discutir algunos puntos importantes. En primer lugar solicitar a los Wilkinson, del 7º, que arrojaran las botellas por el incinerador en vez de dejarlas en las escaleras de servicio. También la forma legal y correcta de intimar al príncipe Olenski a que pagara las expensas. No había qué hacerle. El señor Rentzel se oponía a las sugerencias conciliadoras del señor Paso. La señora Rentzel, avergonzada, miraba para otro lado. La señora Paso gozaba, con ojitos de diamante, la vergüenza de la señora Rentzel, y esa noche se mostró totalmente de acuerdo con las opiniones litigantes del señor Rentzel, aunque evitaba, como siempre, dirigirle la palabra. En medio de la discusión, la señora Rentzel se desplomó, sentada y todo, como estaba. El vecino del 1º C, que era médico, no se hizo esperar. Le hizo un par de preguntas a la señora Rentzel y después sonrió con su cara de cigüeña.

—Estimado —dijo el doctor D'Alessandro al señor Rentzel—. Su señora está embarazada.

—Eso es imposible —dijo el señor Rentzel. Y yo les agradecí a todos los santos que no viera al señor Paso, quien aprobaba, asombrado, con la cabeza.

El señor Rentzel se salió de las casillas. Tomó a la señora Rentzel de un brazo y se la llevó a rastras por el hall. El señor Paso, con las manos metidas en los bolsillos de su traje gris, negó, triste, una y otra vez. A su lado, su mujer se veía tensa, entre extremos más bien inconciliables. Parecía a la vez furiosa y satisfecha.

Todo cambió ese día. Me encontré, al siguiente, como siempre, a la espera del ascensor, con el señor Paso, a última hora de la tarde. Sacó cuánto tema existe en el repertorio entre vecinos con tal de demorarse. Pero de la señora Rentzel nada. Y así tres días.

Al cuarto, el señor Paso me encaró:

—Por favor —me dijo y me dio un sobre.

Pero la señora Rentzel casi no salía, y en todo caso nunca estaba sola. Me encontré un par de veces con su marido en la rotisería. Él se encargaba ahora de todo cuando volvía del trabajo. El mensaje de amor me pesaba en la cartera. Paredes aseguraba haber oído, mientras barría las escaleras de servicio, una terrible discusión en casa de la familia Rentzel. Entre gritos y súplicas, portazos y malos modos en general, oyó al señor Rentzel condenar a su mujer por traicionarlo, a su mujer asegurarle que nunca había dormido con el señor Paso, al señor Rentzel retrucarle que lo mismo podía decirse de ellos últimamente. Seguía sin poder entregar el mensaje. El señor Paso, con su cara agotada al volver del trabajo, corría hasta alcanzarme mientras Orson y yo esperábamos el ascensor. Miraba para un lado, para el otro. Cuando entrábamos, arqueaba una ceja y yo negaba, triste, con la cabeza. Debo admitir que cuando se bajaba en el cuarto piso yo experimentaba un sentimiento doble, combinado: alivio porque se había ido y una imperiosa necesidad de hacer algo.

Los movimientos del señor y la señora Rentzel se volvieron misteriosos, aunque fáciles de interpretar. Una mañana salí con ellos, bien temprano, del edificio. La señora Rentzel llevaba un frasco envuelto en papel de diario en una mano. Cuando volvía de pasear a Orson, ellos regresaban. La señora Rentzel tenía una gasa pegada al brazo. Le habían sacado una muestra de sangre. A su lado, su marido la miraba con desconfianza.

Días después, la señora Rentzel se sintió mal. Estaba pálida y temblaba. Era la única vez que me la encontraba a solas pero no tuve tiempo de entregarle el sobre.

–Los resultados dieron negativo –me dijo la señora Rentzel.

Me quedé helada.

La señora Rentzel negó con la cabeza y empezó a llorar.

–No sé qué pasa –dijo.

Fue entonces cuando su marido nos alcanzó. Se dio cuenta de que estábamos hablando.

–Está todo acá –me dijo, más enojado que nunca, señalándose la cabeza con un dedo. La noticia, en vez de aliviarlo, lo había enloquecido.

El asunto ganó el consorcio y los secretos de la parte de servicio. Regina, la mujer de Paredes, estaba convencida, como todos, de que el romance entre el señor Paso y la señora Rentzel no había pasado a mayores.

–Ella no miente –decía Regina, mientras lustraba los herrajes de bronce de la entrada–. Yo le creo, es una mujer de su casa –agregó, sin mirarme, con absoluta naturalidad–. Como la Virgen, usted sabe.

La curiosidad, sumada a las ganas de ayudar, me llevaron a un plan que dio buenos resultados. Ya que me era imposible darle el mensaje de amor del señor Paso, lo abrí para memorizarlo y repetírselo a la señora Rentzel ni bien tuviera al menos medio minuto a solas con ella. El papel, doblado con cuidado, decía en letra negra y clara: Todo. Al otro día, en el hall de entrada, mientras el señor Rentzel revisaba la correspondencia, aproveché para inclinarme al lado de la señora Rentzel, que acariciaba, melancólica, a Orson y le dije:

–El señor Paso le manda este mensaje: Todo.

La señora Rentzel me miró con gratitud.

Los pechos de la señora Rentzel ganaron al poco tiempo tamaño e intensidad. Sus facciones se alteraron. Tenía los labios hinchados y se quejaba de terribles dolores en la espalda. Dejó de usar esos bonitos cinturones de la casa Herse. Su simpatía por Orson era exagerada y le encontraba el lado bueno a casi todas las cosas. Si veía un chico jugando en la vereda, sonreía, plena de satisfacción. Cualquier malentendido entre vecinos la incitaba a llorar hasta el cansancio. Al entrar en el ascensor sonreía, como de costumbre, pero ahora mano en panza.

Durante esos meses, la rutina del señor Paso permaneció invariable. Volvía de La Continental llevando el maletín que ahora parecía más pesado que un baúl de transatlántico. Imagino que como ya no podía encontrarse a la señora Rentzel en la farmacia, no compraba, como antes, los frasquitos de Loción Capilar Weissmüller. Pero empezaron a hacerle falta. La señora Rentzel ya no iba a la farmacia porque su marido se encargaba prácticamente de todo. Por otro lado, ya no necesitaría tomar pastillas de Neurotónico Andrómaco. Las embarazadas duermen como locas. Sin importar ni la verdad ni la magnitud del embarazo. La rutina del señor Rentzel sí se alteró esos días. Cambió su traje azul oscuro por ropa informal y era evidente que no pisaba la oficina. Cambió su auto por uno más chico y su costumbre de pagar las expensas con puntualidad por largas cartas en que excusaba su demora ante el consejo administrativo, alegando problemas personales que siempre enmarcaba entre irónicas comillas. Paredes se quedó sin la propina mensual que recibía puntualmente de manos del señor Rentzel y eso sólo vino a aumentar la antipatía que ya le profesaba. Al regresar de sus paseos con su marido los sábados a la mañana, la señora Rentzel volvía con dos barras de chocolate amargo Águila, en vez de los bombones prolijos y esmerados de la casa Harrod's.

–La familia Rentzel se agranda, ya tiene contracciones –me gritó Paredes una noche cuando volvía de pasear a Orson.

Ni tiempo de llegar a la clínica. En la escalera de servicio que daba al cuarto piso, me encontré con varios vecinos. La mujer de Paredes mataba los minutos en las cuentas de un rosario. Se abrió la puerta del ascensor. Era el doctor D'Alessandro. El señor Rentzel abrió la puerta y al rato oímos el llanto. De la señora Rentzel. Desde la puerta de su departamento, el señor Paso oía todo y se tapaba, sin éxito, las orejas con las manos. Detrás de él, la señora Paso escupía maldiciones.

Una semana después, la señora Rentzel y el señor Paso procedieron. El señor Rentzel sospechó al descubrir que le faltaba la valija con los calcos de las ciudades del mundo. Y la señora Paso desconfió cuando su marido le anunció que salía más temprano porque tenía que hacer un trámite. No iban a volver. Lo supe el día en que subí en el ascensor con el señor Rentzel y la señora Paso. Fue la primera vez en la vida que los vi saludarse. Bajaron en silencio. Cuando la puerta se cerró, los vi mirarse, enfrentados, con un gesto que yo había visto antes, esa forma en que se mira la gente a la que une la experiencia.

Siesta argentina

Los recién llegados al edificio se hicieron sentir mucho antes de instalarse. Hicieron cambios –y profundos– en el departamento que compraron. Era una familia de señor y señora y pareja de hijos. Una familia que, al estar en obra, obraba. De la siguiente manera. Que yo he vivido así.

Era difícil tirarse en la cama y conseguir entrar en estado de siesta. Porque en el piso de arriba había un carnaval demoledor. Martillaban las paredes. Martillaban y martillaban, esa palabra que a nadie se le ocurre escribir en un cuento. A la mañana temprano no había tanto ruido, pasos arrastrando bolsas y el ascensor siempre ocupado porque los albañiles estibaban cuesta arriba. No había tanto ruido, en comparación con lo que llegaba puntualmente a eso de las 11. De la mañana. Esa hora del día que se llama atardecer de la mañana –es como un anticipo de la película completa del día y cuando encima es temprano–. A esa hora, como en todos los atardeceres, las defensas estaban en baja –los sonidos llegaban desde un poco más lejos, ya no hacían falta los anteojos para ver pero tampoco miraba tantas cosas–. Y a esa hora, siempre, puntual, se les caía algo, que era pesado y fulminante como una pésima noticia. Siempre se les caía algo muy pesado, y después venía un silencio. De ahí hasta las 2 de la tarde todo era más aceptable. Pero a las 3, que es la hora de la siesta argentina, me daba cuenta de que solamente habían estado tomando envión porque entonces sí que todo entraba en movimiento.

Mazas, y el campanazo de monasterio zen en el centro de Buenos Aires. Sierras. Nunca un silencio porque siempre en el fondo los martillos. Clavos. No voy a hablar del monstruo de las gárgaras de la cañería. Ni de que algunas mañanas, al abrir la canilla, me atacaba de frente un chorro de agua con un color idéntico al del Río de la Plata, que corre y que corría, paralelo, a pocas cuadras. A veces los hombres se hablaban, en una especie de tango. Tango tocado en Medellín. Para no parecer obsesiva, dejo de lado el tema del polvillo. O las huellas de la gente que trabajaba ahí, por el pasillo de la entrada de servicio. Yo soy una buena vecina y aunque estaba enojada, no importaba. Me daba lo mismo. Nunca protesté. Para ser sincera, desconfiaba más de la llegada de la familia que de todos esos ruidos y sus complejidades. Si se anunciaban así, qué podía esperarse. De manera que en algún sentido no me importaba tanto que la obra siguiera y siguiera, sin horóscopo de parar pronto. Es más, cuánto más tardaran en arreglar esa casa, más iban a tardar en llegar ellos. No voy a decir el apellido de la familia porque toda familia merece ganarse su propio nombre.

Una mañana de abril. Los pájaros cantaban como burros en el contrafrente. La luz radiante del sol te cortaba en filo los ojos. Se me había dado por ordenar unos roperos y me encontré de frente con uno de los tantos legados –indelegables– de la familia: un payaso de cristal de Murano, que mi madre había guardado, como una promesa, como un sacrificio, para no ofender a la persona que se lo había regalado. Cerré la puerta del ropero. Y me quedé parada ahí. El aire que entraba por la ventana salía por la otra, que estaba en frente, y una corriente helada, que podía hundir el Pequod, cruzaba como un barco fantasma todo el living. Esa mañana de otoño demorado, después de mi intento fallido de ordenar, la humedad me hizo pensar que era un día perfecto para navegar en la rutina. Era temprano todavía. Podía regalarme una siesta de infancia, la posta anterior a un buen almuerzo. Claro que había más ruido que a la noche pero después de todo se debía a la vida: los ecos de la calle, la sirena ultrasónica de alguna emergencia de cualquier tipo de vez en cuando, una mujer gritándole a alguien, una radio, la marcha de la obra en el piso de arriba. Me sabía todo de memoria y solamente tenía que tirarme y cerrar los ojos y dejar que la mañana flotara como una balsa entre esos ruidos que conocía tan bien como al mismísimo silencio. Eran las 11 y sabía lo que iba a pasar. Faltaba poco para que un peso se desplomara contra mi techo. Pero no oí las bolsas arrastradas y no se cayó nada. En cambio –mal cambio– escuché voces que hablaban y hablaban –a los gritos– y la serie de crujidos en el camino que un chico, evidentemente, hacía una y otra vez encima de mi techo, repitiendo el circuito en un patrón regular por toda la casa. Estaba aburrido. Yo me di cuenta porque cuando estoy aburrida también camino por toda mi casa. Pero no hago ruidos.

No estaba solo. Otra persona menor de edad merodeaba el lugar. Esta persona tenía taquitos, así que era una chica argentina. Ella daba zancadas en el cuarto que estaba justo encima de mi escritorio, seguramente midiendo el espacio para que entraran, en su cabeza y en su cuarto, todos los muebles que quería que estuvieran con ella –por un tiempo–. Tenía taquitos y eso le gustaba. Ni hablar de cuando, disgustada por algo, daba sesiones forzadas de malambo. Eso hacía la chica. Que tenía padres.

Fue entonces cuando pasó lo peor que podía pasar. Quería salir a dar una vuelta con mi perro. Y llamé, como se debe, el ascensor de servicio, y como soy una persona consecuente, una vez que llegó no tuve el menor reparo en subirme. Pero después de cerrar la puerta no tuve tiempo de presionar ese botón que dice PB, porque me llamaron del piso de arriba. Y subí sin querer. Y los vi a todos.

No dudé, sin embargo, a la hora de descartar sospechosos y saber quién me había levantado por el aire de esa forma: era la madre de los chicos, la esposa del marido. Llegaba tarde a la peluquería. Vamos chicos.

Pero, como los chicos no venían, el que tomó la delantera fue el padre. Me preguntó ¿sube? Dije bajo. Sus orejas eran chicas, redondas como las de un oso. Los ojos parecían dos ciudades o una partida en dos por un río. Dos ciudades porque estaban llenos de sentido –las ciudades lo están–. Pero el as en la manga de esa cara era lo que unía las dos ciudades, el puente. De la nariz. Después del Golden Gate es uno de los puentes en los que más he pensado en mi vida. Ese hombre parecía un mundo, y era un hombre de mundo, y la corona era la cabeza con su talante de planeta y aunque a mí su cara no me gustaba mucho, admito que tenía una actitud inteligente. De esas que entienden las cosas en el mismo momento en que están por pasar.

–Un hombre de negocios –me dijo Paredes, el portero, con los ojos hacia la derecha y la boca hacia la izquierda. Qué cara.

El señor entró, rebotó como un *punching bag* sobre su paso, saludó y miró a mi perro, Orson, que ni lo tuvo en cuenta. Entonces toda la familia se subió de un salto, parecía que el ascensor era un barco y se escoraba por el contrapeso. Que yo quise balancear.

Me hundí en mi rincón del ascensor y empecé a contar números blancos sobre un fondo negro. Después me pareció que el techo del ascensor estaba venido a menos y que había que repararlo. En la reunión. De consorcio. Pero llegó la hora y no pude contenerme y los miré bien en detalle y supe que la obra de la familia recién estaba por empezar. No encuentro palabras para expresar cómo ardían los oídos por oírlos chillar. Me hubiera tapado las orejas y hubiera gritado basta agarrándome la cabeza. Pero no me dieron tiempo. Porque entonces se quedaron callados, justo cuando pasábamos del primer piso a planta baja. Se estaban preparando para bajar del ascensor, que se hundió de costado hecho un barco en el aire. Un barco en la regata de una publicidad. De colonia. Para hombres.

El padre de los hijos olía a after shave –de todo un club–. Y la hija se había bautizado en perfume. Eso, sumado a la fuerte presencia del extracto de la madre y la colonita que vendían en la Franco-Inglesa –calculen a razón de medio frasco en el cuerpo de un chico que quería hacerse notar–. Lástima que no había cubierta en la proa de ese mar de flores aplastadas. Cuando llegamos a planta baja, avanzaron en bloque. Me pareció fuera de lugar que el marido no le cediera paso a su mujer y quisiera salir primero. Por lo que entendí bastante la respuesta firme de ella, que ganó por media peluca. Pero los dos habían sido ampliamente derrotados por los hijos, que los miraron desde la lejanía del triunfo antes de darse media vuelta –exacta media vuelta como para quedar enfrentados– y empezar a discutir por algo muy importante: a juzgar por lo que decían, cada uno estaba convencido de que el otro era un perfecto idiota. Espejo que te explota. Nadie se molestó en ayudarme a cerrar las dos puertas. Me imagino que creyeron que era una prenda justa por ser la perdedora en el juego de salir sobre ruedas del ascensor. Que quedó a la miseria con sus huellas llenas de polvillo de la obra.

Que continuaba.

En el edificio todos hablaban de la obra. Y había quien prefería calificarla de remodelaciones. Nunca entendí qué estaban modelando de vuelta pero algo era seguro: volvían a modelar desde la raíz. Una de dos, eran las paredes de mis tímpanos por el abuso o eran las paredes de su departamento que estaba encima del mío. Pero la verdad es que con el tiempo se habían afinado, parecía que las hubieran gastado de tanto remodelarlas. En ese sentido, no sonaba tan fuera de lugar cuando alguien hablaba de refacciones. Me lo dijo Paredes:

–Todo hecho a nuevo.

Por ese cariño a la novedad, nada quedaba en pie. Y todo era sacado de contexto. Una tarde, tres albañiles bajaban una puerta por la escalera, con los brazos en alto para sostenerla. Parecía que llevaban un cajón con muerto adentro y todo. Los vi desde arriba, desde el rellano de mi piso. Se daban instrucciones con palabras que los otros repetían en eco –va, atrás, sí–. Igual que en un entierro. Miré la puerta con la manija que ya era inútil, exactamente igual a las mías, que eran, como esa, de las originales. Es tan raro ver cómo se llevan una puerta que la única forma que encuentro de contarlo es recomendar que hagan el ejercicio. Ese día yo pensé que si discutía con alguien en un lugar sin puertas era probable que la cosa no pasara de un tibio intercambio de palabras; no porque fuera incapaz de entusiasmarme, digamos, en una discusión, sino porque todo pierde encanto cuando se extraña el recurso de pegar un portazo. A veces llegaban refuerzos, albañiles que llamaban en los días intensivos. No fueron más de dos pero fueron demasiadas las veces en que un hombre colgado de una hamaca pasó tranquilamente por mi ventana mientras lo subían a la altura justa. Estaba pintando la parte exterior del departamento. Una mancha de limpieza. El blanco liso y nuevo no iba a quedar nada bien con el gris mezclado del tiempo. Eso escribí en una hoja con apuntes para elevar mi queja durante la próxima asamblea. De copropietarios. Y todo lo que está escrito es verdad –lo es, al menos, el hecho de que alguien lo dijo–.

Tenía un almanaque con la foto de un canario que me habían regalado en el almacén; en los años bisiestos me tocaban los gatitos siameses –siameses, siameses idénticos y tan juntos que parecían pegados–. Los números eran azules y negros y cada tanto un feriado saltaba en rojo entre los días. Ahí tachaba los sábados. Los sábados. Al menos cuatro por mes. Imaginen. Igual que Dios, ellos seguían en obra –interrumpiendo la de la siesta de los sábados– pero al rato iba a ser bueno descansar. Los domingos no se oía ni un ruido en el piso de arriba. Desde la mañana a la noche, o al revés, era una siesta continuada. Que era como una no siesta, si lo pensaba un poco. Lo peor era que, al despertarme, llegaba la hora del insomnio. Leí libros enteros que subrayé y todo y no me acuerdo de qué se tratan. Solamente si me gustaron o no. La biblioteca se hundía en mi cansancio y abrir la ventana era salir a flote. Un domingo la gota lenta de una canilla mal cerrada era como una bombita en el vacío. Tan grande era la calma. Anterior a la tormenta. De los lunes.

Entonces empezaron a llegar los materiales nuevos. Esperar el ascensor para llevar a Orson a pasear era un ejercicio que excedía mi capacidad. De tolerancia. Bajaba los siete pisos por la escalera. Para encontrarme.

Pilas, torres enteras de azulejos apoyados por

todos lados. La obra de la familia Keops era realmente faraónica. Llegaban tablones de madera, bolsas de cemento, pinceles, palas, bolsas, muchas bolsas que salían cargadas de escombros y canillas. Que ellos abrían, para probar, todo el tiempo.

Nunca podré olvidar el día de la primavera ese año. Los estudiantes del liceo que queda a la vuelta celebraban la inauguración de la nueva temporada en la plaza. El paraíso iba a explotar. Como los adolescentes son muy organizados se habían instalado en la plaza en forma sistemática. Una pareja se daba besos largos de película, indiferente a los chistes de otros que se juntaban a su alrededor y que los buenos amigos de la pareja dispersaban con balas de pan y de manzana. Proyectiles que recibían de inmediato su contraofensiva. La plaza estaba minada ese día. Algunos tocaban sus guitarras, que hubieran hecho muy bien en olvidarse en el ropero. Todo era un himno al amor bajo la bandera de sus delantales. Las flores estaban en flor y un olor pesado subía desde el pasto. La vida estaba reverdeciendo. Lo supe por el superávit de moscas y palomas que peleaban por la corteza de pan y las cáscaras de manzana. La humedad también llevó alguaciles. Era el día del estudiante y los chicos estudiaban la mejor forma posible de arruinar mi mañana con su trabajo práctico. Miré mi edificio y vi que de la ventana del 8º salían unas sogas que levantaban una bañadera blanca, que ya estaba a la altura del cuarto piso. Igual preferí mi casa con sus ruidos a la toma de la plaza. Lo malo fue que el entrar vi como la bañadera hacía lo mismo pero por mi ventana.

—Un fallo de cálculo. —Eso me dijo el capataz de la obra. Cuando vino a disculparse. Cara de yo no fui. Y una botella en la mano.

La familia venía cada vez más. Parecía que había siempre algo que faltaba. Esa obra les estaría costando cualquier cantidad. La mujer siempre estaba apurada aunque lo suyo era poco comparado con el marido. Que aprovechaba un minuto de silencio para retar a sus hijos. Que no tenían, después de todo, la culpa de nada.

Parecían muñecos como estaban vestidos. Hablaban en un dialecto raro —basta se decía *hast*, imbécil era *imbácil*, y *vist* —por viste— *vist*, todo el tiempo. Tenían libertad de opinión o al menos libertad para meterse en todo. Aspecto crecidito pero conductas inmaduras del tipo de tentarse en el ascensor pero a propósito, jugar en el ascensor —el ascensor les encantaba, tiene ese encanto de calesita vertical; que no da vueltas—.

La mujer del marido se presentó como la madre de los chicos una tarde cuando me la crucé en el ascensor. Me pidió disculpas por los dibujitos mal hechos que sus hijos me pasaban debajo de la puerta cada vez que ellos los traían, a veces con amigos para que no se aburrieran, cuando querían ver cómo andaba la obra. La familia andaba casi siempre en bloque. Una vez deduje, por lo que decían, que todos tenían turno en el dentista. Cada tanto, la hermana, o el hermano, venían a estudiar. Así que cuando la mujer se disculpó por los dibujos, fui sincera. Le dije que no era nada porque para mí eso era nada. No le dije que estaba cansada de escuchar a su hija ensayando *Yo tengo unos ojos negros* con la guitarra a la hora de la siesta. Después la nena cantaba *Perfidia* y un día hasta se declaraba rebelde porque el mundo la había hecho así. Pero a mí no. Sería por eso que también estaba bastante harta de los juegos de su hermano. Que encima les tiraba miguitas a los pájaros. Que siguen sin gustarme.

La casa brillaba como un jabón mojado. Estaba empalizada con láminas de mármol. Como estaba pelada, porque estaba en obra, cada paso que daba la mujer del marido sonaba como el de una impuntual apurándose en la iglesia. Sus hijos entraron detrás de una pelota que rebotaba por la sala. El juego era tirarla en los lugares más incómodos para que el otro tuviera que pasar la prueba de ir a buscarla. Ella los obligó a saludarme. Yo le rogué que no insistiera. Pero a mí no me engañaba ese juego inocente. No me importaba que abrieran sus paraguas adentro de la casa. No me importaba, porque no era mi problema, que pasaran una y otra vez debajo de la escalera que los albañiles habían dejado en la mitad del living. No era cosa mía que ya estuvieran grandes para ese tipo de juegos. Ni me engañaban cuando señalaban con sus dedos algún detalle en especial y decían *vist, vist*. Había que ver los ojos que tenían, eran ojos que habían visto muchas cosas. La chica ya estaría coqueteando con los amigos de su hermano que, con él, formaban una banda de delincuentes precoces. Que me atacaban a mí.

Ya me sabía de memoria las risitas de monos cuando me espiaban por la escalera de servicio. La risotada el día en que me tropecé con un escalón. Muy bien, yo había tratado de matarlos. Con mi indiferencia. Hasta el día en que se les dio por enganchar la botella de leche en la manija de la puerta de servicio y tuve la mala suerte de abrirla y la botella se fue al piso, rebotó y volvió al piso hecha pedazos. Se habían pasado de la raya. Me iban a escuchar. Y ahí estaba. Pero me habían recibido tan bien, parecían tan complacidos de tener visitas, que desistí de mi intención original, que era quejarme, para ponderar su departamento, la máquina de disparar convenciones activada a su máxima potencia. Que no fue mucha. Terminé de tomar el vaso de agua que me habían llevado los chicos –dejé en el fondo el sedimento de cal– y me fui. Y al bajar en el ascensor sentí que estaba faltando a un deber, aunque no supe a cuál.

Un domingo coincidimos todos en el ascensor de servicio. Que estaba cada vez más viejo.

Estaban vestidos con toda corrección. Podían venir de una fiesta o ir a un entierro. Los chicos estaban tranquilos y callados. El padre le cedió el paso a la mujer antes de salir –nunca hubiera pretendido que me tuvieran en cuenta–. Todo parecía normal pero al mirarlos entendía que ese podía ser el día más triste de sus vidas. Paralelas.

Un día me di cuenta de que la chica crecía de golpe. Monumental. Qué chica grande. Pero tenía las uñas mordidas. Y un borde de infección en fuego alrededor. Los nudillos marcados y siempre esa forma resignada de bajar los brazos, después de apretar la tecla de planta baja cuando a veces pasaba que al bajar se encontraba conmigo. Que abría la puerta como si fuera El Zorro. Siempre me pareció una pérdida de tiempo, un triunfo de las contradicciones, esperar el ascensor. La hija enfocaba un punto fijo en el aire, uno que solamente ella podía identificar, con una sonrisa puesta en la cara como quien se pone apurado una camisa cuando alguien toca el timbre. Una sola vez me miró de frente. O estaba sin dormir o había estado llorando o las dos cosas juntas y, aunque era algo tan evidente que nunca me había detenido a pensarlo, me di cuenta de lo joven que era.

–Adiós, gracias –fue todo lo que nos dijimos. Al bajar.

La esperaba su hermano. Con unos amigos. Otro que parecía haber crecido en días. No sé exactamente cuántos años tenía. Pero él estaba seguro de que tenía más. La hermana salió caminando sin mirarlo. Sin mirar tampoco a sus amigos. Que la rodearon. Y él cerró el círculo al encararla, para después hablarle al oído. Ella se puso colorada como un tomate de verdad. No estaban jugando.

Algo estaba mal, me dije. Pensé que a lo mejor exageraba. Me di cuenta de que no cuando el hermano le pegó, con la mano completa, en la cara a su hermana. Y hasta sus amigos retrocedieron.

Ella no. Con los ojos realmente bañados en lágrimas –daban ganas de decirle que no llorara–, miró más abajo todavía y concentrada en sus zapatos avanzó. A pesar del hermano.

Los taquitos sonaban en el pasillo. Después cruzó la barrera del sonido y la vi alejarse mientras oía una frenada. Accidentes sin mayores consecuencias que son un clásico de la cuadra.

Salí detrás de ella y la vi doblar en la esquina. Cuando volví a casa y me tiré a dormir la siesta, la verdad es que no me salió bien. No había martillos, ni risitas, ni pisadas, ni guitarra. El sol estaba en su lugar y mi lugar era agradable, tirada ahí y preocupada por motivos elevados –que llegaban hasta el octavo piso–. Esa tarde me importó poco no poder dormirme. Era lo menos que podía hacer. Era mi forma de no quedarme cruzada de brazos y, en vez de molestarme, como siem-

109

pre, que alteraran mi sueño, cursé la tarde en homenaje de silencio a favor de la hermana. Que imaginaba parando en una esquina para cerrar los ojos mientras se daba cuenta de que la vida era así. O que, sentada en el colectivo, estaría planeando venganzas que al tiempo la harían sentirse mal por haberlas pensado. O que estaría sentada en un banco de la plaza, en la sección de los que lloran cuando no quieren que los vea nadie conocido. Pero la indignación que sentí esa tarde fue cosa de chicos comparada con la que me dio verlos al otro día, conspirando, amigables, en el hall de entrada. La chica estaba apoyada contra una pared, con unos libros entre las manos. Y el hermano decía cosas que a juzgar por las risas de su hermana eran graciosísimas. Cuando pasé a su lado, me ignoraron a propósito. Fue el colmo.

No me acuerdo de la fecha en que empecé a complotar por todo el edificio, quejándome, como quien no quería la cosa, así cuando llegara el momento de la asamblea, el rumor ya habría cobrado consistencia y se habría convertido en el claro mensaje de que yo tenía razón. Hablé con todos los que pude. Con Paredes, el portero, y los vecinos que me cruzaba en el ascensor, en la esquina, en la entrada. La señora Llorens se abstuvo de opinar respecto al tema de los ruidos constantes a la hora de la siesta porque ella a esa hora, me dijo, no estaba en casa: tra-ba-ja-ba. Su marido, que estaba parado al lado de ella en la entrada, estuvo de acuerdo con su mujer y después se la llevó del brazo hasta el remise que los esperaba. Los Wilkinson, que eran una pareja de grandes bebedores, me aseguraron que los dos tenían un sueño muy profundo así que si había mucho ruido ellos no oían nada. Yo aprovechaba que alguien me dijera qué tal para decir cansada porque no puedo dormir por los ruidos de la obra. Slavomir Olenski, mi vecino polaco y traductor, me dijo que no tenía, lamentablemente, ese problema, porque era insomne turno completo. Tal como esperaba, el señor del 9º, que era sordo, me pidió que le repitiera lo que había dicho. Fue imposible tratar de acercarme a la señora Blanco, porque, como siempre pasa con algún vecino, me había retirado el saludo. Y estábamos completamente de acuerdo.

Después no aparecieron por dos días. Dos días de gracia que no pude terminar de disfrutar porque estaba segura de que en el momento en que me tirara, con la persiana entornada y las sombras del cuarto jugando a los dedos chinos, iban a venir, como siempre, a interrumpirme, y el dolor de esa interrupción era tan malo y tan fuerte que se pasaron los días en un esfuerzo por coartar mi propia siesta con tal de que ellos no pudieran llegar a arruinarla. La familia Damocles. Hasta que había pasado como un mes y me crucé con todos que entraban en bloque homogéneo en el edificio. En el que vivo.

Esta vez había novedades. La mujer traía una valija. Y el marido su juego de bastones. Los chicos venían con libros. Parecía que estaban por instalarse. Le pregunté a Paredes. Dijo que el viernes. Solamente dos días. El viernes a primera hora de la mañana me dispuse a esperar a los bárbaros. Yo estuve esperando a los bárbaros. Así.

Llegaron. Vinieron. Opté por la diplomacia. Después de todo, íbamos a ser vecinos. Abrí el ropero. Del fondo saqué papel de seda. Para envolver mi regalo.

El payaso de cristal de Murano les pareció encantador.

–Es más –decía la madre buscándole un lugar entre los muebles que aún no habían desembarcado–, va a quedar bien al lado del sillón, debajo de la araña. –Miré hacia arriba. El cotillón de caireles de colores con bombitas de luz que emulaban la llama de una vela. Después de todo, me había sacado el payaso de encima y ellos estaban contentos. Fue una movida en que todos salimos favorecidos, lo que me hizo sospechar que hasta era injusta. Pero ya lo había hecho.

Como los bárbaros, habían estado por llegar durante días, semanas enteras que habían formado meses, meses que había tachado en el almanaque bajo la mirada, siempre indiferente, del canario en su jaula en la foto. Pero estos bárbaros habían llegado finalmente y a la noche cocinaban comidas que tenían olores. Tenían cosas y una forma de ser, tenían una radio cada uno, televisiones, licuadoras, batidoras, lustradoras, cada una con su ruido. Habían llegado y parecían decididos a quedarse. Ya no bajaban ni subían juntos en el ascensor. Sus horarios estaban repartidos. La madre era una mujer considerada, que parecía dispuesta a entablar una cordial relación con sus vecinos. Una tarde acepté subir a tomar un té, para que ella me mostrara cómo había quedado la casa.

–Después de todas las molestias que causamos –dijo mientras metía la llave en la cerradura. Una ráfaga de aire renovado llegó al cálido hall de entrada. Delante nuestro, la amplia recepción. Que hospedaba un museo de ceniceros, una colección de alfombras orientales. Me hundí en el sillón capitoné. Tomé una taza de té. Miré de refilón la biblioteca, los lomos de los libros con letras doradas. En uno de los estantes, el payaso de Murano quedaba casi camuflado entre las fotos que tenían marcos idénticos.

–¿Lo reconoce? –me preguntó la madre, que, acto seguido, sancionó, con una mueca, la sonrisa filosa en la cara de sus hijos.

Después de todo era evidente que su madre guardaba las formas. El payaso les parecía tan feo como a mí pero lo tenían ahí, por si subía alguna vez, para no ofenderme. Lo tenían ahí y nadie lo veía, porque estaba en el lugar exacto. Una vez que lo veías, entendías que toda una vida no alcanza para deshacerse de las cargas.

Vivían en el piso de arriba y con su propia evolución natural. Que era muy rara.

–Tienen problemas –decía, a veces, Paredes, negando con la cabeza. Miraba para abajo y me negaba el secreto que ni pensaba averiguar–. Tienen problemas –y una vez que lo había dicho ya no había forma de que no pareciera, al verlos, que Paredes, como siempre, tenía razón.

Me daba mala espina. Nadie quiere que a las familias les vaya mal. Aunque tengamos nombres distintos, todos formamos parte de una.

Había domingos en que subir con uno de los hermanos en el ascensor era como llegar a casa un poco antes. La madre de los chicos llegó a preocuparme la vez que la noté medio pálida y callada. Y el señor de negocios dirigía los problemas del consorcio como si fuera él en sí mismo toda una asamblea. En tren de decir la verdad, el día después de Navidad, cuando se iban de vacaciones, su silencio zumbaba en mis oídos como una colmena. Y cuando volvían, cuando me había acostumbrado a estar tranquila y sola otra vez, los maldecía –cosa que siempre me ha gustado–. Había días en que salían juntos. Alcanzaban la calle como si fueran una raza en sí mismos. Parecidos entre ellos pero distintos a todos. Cruzaban la calle uno al lado del otro. Al llegar al cordón de la vereda de enfrente se dispersaban. Los padres adelante. La chica de un lado al otro. Y el hermano atrás. El hermano caminaba con las manos en los bolsillos. Se daba vuelta y miraba para arriba, a su ventana.

Cerraba la cortina. Podía darme el lujo de una siesta argentina. Fuera la hora que fuese. La llegada de un buen momento puede ser impuntual, pero siempre es oportuna.

Un día hasta me enojé porque se olvidaron de despertarme. Eso fue en la época en que al menos esperaba obtener algún beneficio secundario. Los efectos primarios son brutales, porque hay veces que hasta da la impresión de que una nunca puede estar realmente sola. Sé todo sobre ellos, aunque se trate de un saber poco envidiable. Yo sé cuándo pelean porque las puertas nuevas se salen de quicio cuando las cierran de un golpe. También que hay días en que alguno está contento porque la música suena a todo lo que da. Y en el piso de arriba alguien se regala el número secreto de bailar como los dioses. La música no es de mi tipo preferido pero al rato se vuelve medio contagiosa. Sale y pasa y no vuelve porque se pierde por ahí. Me levanto de la cama y llego a la cocina. El agua hace ruido porque está por hervir. Se vuelve oscura con las hebras de té. El vapor sube y lo miro subir. Llega justo hasta la grieta que va de una punta a otra del techo. Esa que me niego a reparar en la confianza de que todo tiene un tiempo.

El Brenda Meyer Club

En el cartel pegado en la entrada del Brenda Meyer Club, leí nombres de ciudades que no conocí nunca. Cincinnati, Phoenix, Illinois, Idaho. El nombre Brenda Meyer no desentonaba en esa lista de filiales, que sí sonaban fuera de lugar, en cambio, esa tarde, en Buenos Aires.
Leí Brenda Meyer y repasé en flash la película de la parte de mi vida en que me dediqué a mirar las de ella. Qué mujer.
Había tomado un colectivo hasta Belgrano, para cobrar una pensión que nos había dejado a mi hermana y a mí nuestra madre y que mi hermana me había cedido para pagar las expensas. Antes de ver el afiche me di cuenta de que había caminado, de punta a punta, la Avenida de los Incas, y que era la primera vez en la vida que formaba parte activa de esa calle por la que sólo había pasado, seguramente a bordo de un colectivo o de un taxi.
Emotiva apertura, decía el cartel, en letras chicas y negritas. La frase podía disuadirme porque esa tarde había sido para mí muy emotiva y, más

que abrir, había cerrado mi última esperanza. El empleado del banco me había dado apenas un billete que, si tenía suerte y no había tráfico, podía alcanzarme para pagar el taxi de vuelta a casa. Ahí estaba, sin saber qué hacer, porque mis planes para el día se habían venido abajo, y el Brenda Meyer Club parecía más tentador que un cine o que la calle en general o que un museo. Entré a la emotiva apertura, por una puerta que era, en verdad, más apertura que emotiva, y pagué mi entrada, con consumición –también con los pesos que tendría que haber reservado para el taxi de vuelta–, a un señor llamado Aníbal Borderau, dueño de la casa, de la sede del club y del garaje en que había una librería de usados.

Dime cómo es tu casa y te diré quién eres. Aníbal Borderau era el presidente del club, su socio fundador, su tesorero y panelista. La entrada al Brenda Meyer Club era un número impreso en uno de esos tacos celestes que venden para rifas. Aníbal Borderau me dio el número 2, aunque era en verdad la primera entrada que vendió esa noche. Por eso quiero a las palabras. No son tan imprecisas, tan infieles a la verdad, como las cifras.

Aunque, me dije, la tragedia de Brenda Meyer, su conversión, por tanto, en figura legendaria, se debía a un número porque Brenda Meyer se había esfumado del mundo del espectáculo al confirmar que, nominada para el Oscar como actriz de reparto en varias ocasiones, jamás llegaría a ser la número uno. Números. Y palabras. Brenda Meyer.

Una pregunta. Brenda Meyer se había convertido en una pregunta y como cada pregunta es el centro de un caleidoscopio, una pregunta quiere decir una serie de preguntas. Por qué se retiró. Por qué, poco conforme con eso, había desaparecido. Por qué se desmayó en el escenario de un teatro de Londres mientras ensayaba una obra, bajo un nombre falso. Decían que, ya entonces, era difícil encontrar en esa mujer prácticamente desvalida los rasgos de la actriz que había sido. Sólo entonces se supo que Brenda Meyer no era un nombre artístico. Brenda Meyer se llamaba Brenda Meyer. Nombre de *super star*. Y las estrellas de su tipo sólo podían brillar en el *star system*.

Cuando yo era chica y veía esas caras satinadas en *Sábados de super acción*, no había tarde en que ella no estuviera, entre una película protagonizada por un monstruo, con aletas y agallas, y la transformación de Ray Milland en el hombre-mosca. Brenda Meyer había merecido un culto, una pasión subterránea que circulaba, como una enfermedad, entre sus admiradores. Algunas imitaciones impuntuales y malogradas. Y el club de fans.

Los fans de Brenda Meyer, eran, como su nombre lo indica, verdaderos fanáticos, y cualquiera está enterado de que esa clase de personas no se rinde fácilmente. Durante años, mientras yo leía y estudiaba, mientras ensayaba el pasito de moda durante horas frente al espejo, mientras asistía, con impotencia, a mi madre, mientras fracasaba en un compromiso matrimonial –si la fuga es una forma del fracaso–, los fanáticos de Brenda Meyer no cesaron en su busca. Mitines febriles en Dublin, San Sebastián, Guadalajara. Sótanos llenos de señores y señoras que hablaban idiomas diferentes y sólo compartían dos palabras: Brenda Meyer. Opinaban. Tramaban desagravios. Brindaban en el aniversario del estreno de la *Banda de Rix*. No se perdían la oportunidad de anunciar la reposición de *Muerte Rubia* en un canal de cable. Hasta se disputaban la autenticidad de ciertas reliquias. Un autógrafo, medio borrado, en una servilleta que aún olía a *bourbon*, un mechón de pelo de muñeca –pero su pelo era igual al de una muñeca–. El bretel amarillo de un corpiño que alguna vez fue blanco. Reliquias de Brenda Meyer. Se había inmolado a su favor, siendo a la vez el mártir y el dios que merece el sacrificio. Como suele suceder en estos casos, si había un club de fans era porque había varios y todos proclamaban su legitimidad en contra de los otros. El de la Avenida de los Incas era la sede de uno de esos auténticos clubs de fans de Brenda Meyer, probablemente desprendido de la raíz por un cisma inconciliable. Cincinatti, Phoenix, Illinois, Idaho. Buenos Aires, Avenida de los Incas. Emotiva apertura. Sólo media hora después de que mi día hubiera dado un giro que me dejaba, sin recursos, al borde del camino. A los diez minutos de haber llegado, cuando nadie llegaba al club para asistir a la emotiva apertura, ya me sentía incómoda, bastante arrepentida de haberme dejado llevar por ese afiche, porque Aníbal Borderau me miraba cada vez que abandonaba su puesto en la entrada. Con no poca nostalgia me di cuenta de que en casa, con Orson, mi perro, hubiera estado más tranquila. Eso explica también por qué quise irme, con la mala suerte de que emprendí la retirada cuando las primeras gotas de lluvia caían sobre la ciudad y Aníbal Borderau, entre complacido y decepcionado, me dijo:

–Se largó a llover.

Decepcionado, porque la lluvia repele asociados e invitados a bodas y presentaciones de libros. Complacido porque –pensé– tenía ahora una excusa, sino poderosa, al menos atendible, para explicarse la situación, para justificar ese entusiasmo que obviamente no era compartido. Le dije a Aníbal Borderau que sólo me había acercado a la entada –a la salida– para ver si llovía. Y aunque él no me creyó del todo, leí en su mirada un agradecimiento que era como una orden, por lo que volví a mi silla frente a la tarima, desde la que el mismísimo Bordereau debatiría a solas porque yo no era autoridad en la materia y no estaba de humor para discutir con nadie. Ni siquiera me sentía en condiciones de practicar ese deporte extraño que algunos llaman *intercambio de ideas*.

Me senté ahí, mientras recordaba que ya no tenía billetes para tomar un taxi, que estaba lejos de casa, que llovía, pero que ahí estaba salvo como un refugiado, como si la casa, la librería, el club de Aníbal Borderau, fuera una de esas iglesias adonde más de uno tiene que resignarse a pasar la noche.

También –pensé, mientras Aníbal Borderau apilaba volantes en una mesita–, estar en ese club era como no estar en Buenos Aires, aunque pocas sensaciones podrían explicar, tan bien como esa, lo que es estar en Buenos Aires.

Pero Aníbal Borderau, pese a todos mis reparos, era inofensivo o eso parecía, caminando de una punta a otra de la sala, en que algunos pósters de películas repetían mil veces el nombre de Brenda Meyer, en titulares del espectáculo y revistas del corazón, programas de cines que ya entonces no existían –el Luxor, el Alfil, el Capitol, el Gran Splendid–. Leí, por no mirar a Borderau, el programa de la noche. Una biografía impresa en el revés. Y el apoyo de un único auspiciante: la librería de usados del señor Borderau.

Brenda Meyer, nacida Brenda Meyer, era hija de una profesora de teatro. Brenda Meyer era una buena alumna. Brenda Meyer no engordaba. Los dientes de Brenda Meyer eran sanos y blancos como vértebras –sanas–. Brenda Meyer fue Ofelia, fue Salomé, fue Blanche, fue Cleopatra, fue un legionario romano y fue Antígona antes de cumplir 20 años. Cuando Brenda Meyer usaba medias de seda, la costura negra resaltaba la perfección de sus piernas. Brenda Meyer no abusaba del alcohol a pesar de que su padrastro había abusado de ella. Brenda Meyer era una precoz lady Windermere cuando el señor de Mille la descubrió en un teatro de Broadway. Brenda Meyer llegó a Los Ángeles. Brenda Meyer pisó por primera vez un set de filmación. Brenda Meyer le alcanzó un puro a Robert Mitchum en una escena. Brenda Meyer ingresó lentamente en la penumbra oclusiva de la serie negra. Brenda Meyer era la villana. Cómplice apasionada del criminal. Amante despechada de gángsters y detectives. Hacía bien su papel. Era una buena mala. No del tipo de otras. Los personajes de Brenda Meyer hacían el mal como quien hace tortas o equilibrio sobre tacos altos y aguja, sin darse cuenta. Ambiciosas de cabotaje. Herederas fraudulentas con mal gusto a la hora de ir de compras. Tenía el aire inconfundible de una diva, la nariz recta del perfil en primer plano, las uñas demasiado largas para lavar los platos, voz fina y pestañas gruesas. Brenda Meyer tenía todo eso y tenía, además, sobrados motivos para retirarse, después de comprobar año tras año que, a pesar de verla una y mil veces, de conocerla casi como alguien familiar, se negaban a reconocerla.

Aníbal Borderau había puesto un disco. Se presentó, una vez más, y dijo:

—Disculpen la demora. Queríamos dar tiempo a que lleguen los demás.

El plural era tan inapropiado como bienvenido. Para Aníbal Borderau porque él sabría, me dije, que mal de muchos no es consuelo de tontos, sino de muchos. Para mí porque, por la misma razón, pertenecer a un grupo me gustaba. Insistió en esperar un poco más a la gente. Pero la gente no llegó y, en su defecto, una mujer, que se había salvado de pagar la entrada, entró y se sentó a mi lado. El pelo colorado brillaba de spray: gotas de lluvia en prisma sobre su forma de peluca. No tenía menos de sesenta años y lanzó una maldición cuando se miró los zapatos llenos de barro. Me preguntó a qué hora iba a empezar la conferencia La verdad es que hablaba bastante mal castellano.

Le pregunté si era norteamericana. Asintió. Quise saber si era su primera vez en la Argentina. Asintió. Quise saber entonces cuándo había llegado y ella dijo:

—Qué se yo. Más de treinta años.

Era obvio que no tenía ganas de hablar.

Aníbal Borderau asintió, tosió, saludó a la desconocida con su cabeza redonda y pesada, y habló de Brenda Meyer.

No había película de ella que él no hubiera visto. La había descubierto entre los extras de *Ben Hur*. En efecto, Brenda Meyer se entregaba a curiosos pasatiempos. Uno de ellos era asistir, cada sábado, a las carreras de galgos. El otro, más interesante, decía Borderau, era el de infiltrarse en las hordas de extras, vestida de troyana o piadosa pueblerina, entre la masa que huía, sin sistema, de edificios en llamas y rascacielos tomados por un monstruo, de disparos entre caballos, indios sioux, colonos y cabareteras. La historia que contaba Borderau era interesante. Sobre todo la forma en que hablaba. Por deporte nacional, fui animándome en un tema que no me importaba, y hasta hice una pregunta para ponerlo a prueba. Aníbal Borderau nunca se equivocaba. A mi lado, la mujer asentía y festejaba a lo grande dándole un trago a la petaca que sacaba, una y otra vez, de la cartera. Se le había ido la mano y estaba decidida a ganarle a Borderau. Entonces hizo una pregunta. Para sorpresa de los tres, Aníbal Borderau dudó unos segundos. Se disculpó, con una sonrisa, y la mujer volvió a la carga. Aníbal Borderau no volvió a disculparse. Porque no volvió a quedarse en silencio.

Era una guerra resumida. Aníbal Borderau insistía en decir que Brenda Meyer se había esfumado en lo mejor de su carrera porque el mundo, la industria, el público, el sistema, no daban muestras de comprenderla. La mujer opinaba, a voz cantante, que decir eso era igual a condenar a Brenda Meyer a un exilio seguro en el desierto de la mediocridad. No era verdad, casi gritaba, mitad en inglés, mitad en mal castellano, que la actriz se hubiera retirado en el mejor momento de su carrera. Nos había privado, a forma de venganza, de sus mejores aptitudes y en todo caso, casi gritaba, a veces poniéndose de pie para después sentarse otra vez, no le habían dado la oportunidad de enseñar sus dones. Ahora nadie iba a saber de lo que hubiera sido capaz si jugaba un protagónico. No le dieron la oportunidad de demostrar, aunque para ella era evidente, que iba a hacerlo más que bien. Que iba, como dicen, a lograrlo. Aníbal Borderau le daba la razón para enseguida comentar, con displicencia, que ella a su vez le había dado la razón a él, al decir eso. Era un auténtico duelo en que las fechas, los títulos, los nombres de críticos y amigos, de productores y parientes, de amantes y asistentes, de calles donde dicen que tuvieron lugar insólitas anécdotas, desfilaban, veloces, junto a nóminas de platos preferidos, líneas enteras de un diálogo que Brenda Meyer había pronunciado con especial talento, hasta mínimos deslices que sólo un ojo diestro podía haber descubierto en la velocidad de las escenas.

Aunque yo no era fan, tan fan como ellos, ya que estaba quería saber más de Brenda Meyer y esa justa sin sentido entre Borderau y la mujer no aportaba ningún tipo de datos. Dije:

—¿Por qué discuten para ver quién gana en vez de hablar realmente de ella? Ese sería el mejor homenaje a Brenda Meyer. Esté viva o esté muerta.

La mujer apenas me había oído. Apelaba a su nacionalidad para derrotar definitivamente a Aníbal Borderau. En su opinión, el hecho de ser norteamericana le confería autoridad en la materia y le otorgaba ventaja y superioridad incuestionables.

Aníbal Borderau me miró en busca de apoyo. Yo desvié la vista a un lado porque no podía tomar partido y preferí distraerme mirando a una mujer, que era, evidentemente, la mucama del librero, y que servía, en un rincón, jugo de naranja. De un balde de plástico a decenas de vasitos descartables, prolijamente dispuestos sobre una tabla armada encima de un caballete, indiferente a la discusión y a la cantidad de sillas vacías que nos rodeaban a la mujer y a mí como leales fantasmas de la no menos fantasmal Brenda Meyer. Borderau decía:

—Señora —y miró el techo, dando a entender que la mujer no merecía su respuesta—, con semejante falacia nacionalista, usted echa por tierra gran parte del saber universal. Según su parecer, Heródoto carecía de autoridad para hablar del pasado de tierras extranjeras, los escritos de Freud sobre Da Vinci serían una necedad, Thomas Mann no debería haber escrito *Muerte en Venecia* y Shakespeare tendría que haber tomado la precaución de no escribir *Hamlet* ni *Julio César*. Usted debe creer que un egipcio de la calle sabe más de Tutankamón de lo que sabía Lord Carnavon.

Si sólo media hora antes, cada vez que asentía, la mujer tomaba un trago, me di cuenta de que había relacionado mal la causa y el efecto porque no la había visto en acción cuando estaba en desacuerdo. Mientras le preguntaba a Borderau qué tenía que ver Tutankamon en el asunto, se entregaba asimismo a un alcohol que, en su caso, más que pendenciero, parecía la pócima de la rivalidad eterna. Qué mujer.

Pero Aníbal Borderau no se acobardó. En lo más mínimo. Por el contrario, casi gritó:

–Y si no está de acuerdo, si no le gusta lo que digo, si no puede hablar conmigo de manera educada, puede retirarse, puede irse ahora mismo. Yo soy el presidente del Brenda Meyer Club de la Argentina y puedo entonces decir lo que me parezca, de más está decirlo.

Como era de esperar, ella no se quedó atrás.

–No habría club –dijo, sardónica, buscando mi perfil esquivo con sus ojos, mientras blandía la petaca como una espada libertaria–, si no hubiera asociados.

Entonces fue mi turno. Porque las cosas habían superado la medida de lo razonable. Porque yo había pagado mi entrada y merecía tranquilidad, además de enterarme un poco más de quién había sido, después de todo, Brenda Meyer. Podían dirimir sus desacuerdos en la vereda o un rincón de la casa, pensé, mientras la mujer volvía al ataque, casi fuera de control, aunque al mismo tiempo en foco, hasta contenta. La enfrenté sin rodeos y le dije:

—Y menos habría club de no ser por Brenda Meyer, quien parece ahora menos importante para ustedes que su empeño en tener razón.

Entonces fue mi turno.

—¿Qué dijo? —preguntó la mujer, visiblemente alterada—. ¿Quiere decir —siguió, al tomar un trago— que Brenda Meyer no era nada sin su público? Eso es lo mismo que decir que ella dejó de existir porque desapareció. Eso es darle la razón a quienes por envidia, indiferencia o negligencia, póngale usted el nombre que quiera, arruinaron su carrera. Brenda Meyer no necesita que hablemos de ella. Somos nosotros, en todo caso, quienes sentimos la necesidad de hacerlo. Mujer de Dios —concluyó, al tiempo que negaba furiosa, con la cabeza, para agregar—: Usted no entiende nada.

—En efecto —dijo Aníbal Borderau, mientras se ponía de pie y daba por terminada la emotiva apertura—, el hecho de que nos haya abandonado, no quiere decir nada y quiere decir todo. Nuestra apasionada discusión no es más que una muestra de fervor, desmedido, si usted quiere. Pero así son las pasiones, así funciona el sentimiento, déjeme que le diga —me dijo antes de pedirme permiso para hacerlo.

—Por supuesto —se atrevió la descarada, poniéndose también de pie pero a los tumbos.

Admito que mi reacción fue excesiva. También que no estaba en uno de mis mejores días. No tenían derecho a agarrárselas conmigo. Una fuente de respuestas claras y cortantes se me vino a la cabeza pero apenas pude bajar la vista, dejar la silla y apartarme de ellos, totalmente ofendida.

Los cordiales intentos de Borderau para calmarme, las intimaciones impacientes de la mujer para que reconociera que no había sido para tanto, hasta el gesto compasivo de la mucama que me dio un vaso con jugo, no hacían más que empeorar las cosas.

La mujer echó unas gotas de la petaca en su vaso de jugo. Aníbal Borderau me ofreció unos libros para que mirara. Eran libros sobre cine con los que, pensé, quería distraerme. Ser el centro de sus miradas no me complacía y hacía esfuerzos inútiles para calmarme. Inútiles.

La mucama se puso a barrer. La tarima, el espacio entre las sillas, como si en verdad ahí se hubiera congregado un grupo numeroso. No levantaba la mirada del suelo y volvió a dejarnos solos. Aníbal Borderau se ofreció a acompañarme a tomar un taxi. Seguí callada. Así me evitaba también decirle que ya no tenía plata para tomar ninguno. La mujer me decía, imperativa, que había llegado la hora de reconocer que, en todo caso, yo era una persona susceptible. En verdad, con tal de que se callara, le habría dado el gusto. Solamente tenía que dejar el vasito de plástico en la mesa, sonreír y retirarme prometiendo asistir a la próxima reunión con la seguridad y el alivio de saber que ni pensaba volver a acercarme. Pero no tuve tiempo. Porque entonces fuimos uno. Al menos, eso le habrá parecido al viejo que entró, empapado, en el salón, disculpándose por la demora e imputando la tardanza a la lluvia. Una enfermera lo llevaba del brazo.

–Leímos en el diario el anuncio de apertura del club y nos vinimos corriendo –dijo el viejo–; aunque correr es un concepto un poco limitado en mi caso.

A su lado, la enfermera, solícita, sonreía.

–¿Ya terminó la conferencia? –preguntó el viejo, decepcionado.

Aníbal Borderau asintió. El viejo aceptó un vaso de jugo y la mano le temblaba como un sismo concentrado. La norteamericana anunció que debía marcharse y el viejo la miró. La miró.

La mujer dejó del club con paso vacilante.

Apenas escuchó al viejo que gritaba:

–*It's you?*

No puedo repetir la maldición que la mujer gritó antes de cerrar la puerta.

–Era ella –le dijo el viejo a su enfermera–. Era ella.

Por toda respuesta, la enfermera extrajo un estetoscopio de su cartera y comenzó a arremangar la camisa del viejo. El viejo repetía la frase y se negaba a que le tomaran la presión.

—¿Quién? —dijimos Aníbal Borderau y yo al mismo tiempo.

—Ella —repitió.

—¿Brenda Meyer? —pregunté—. ¿Será posible? Aníbal Borderau negó, con su cabeza, redonda y pesada, y un gesto conocedor.

—¿Y cómo puede estar seguro? —le dije—. Era norteamericana. Sabía mucho sobre Brenda Meyer. Brenda Meyer, de estar viva, ya debe tener sus años, pudo haberse teñido el pelo.

—La hubiera reconocido —dijo Aníbal Borderau—. Ella tenía, o tiene, un aire inconfundible.

El viejo le dio la razón.

Dijo:

—Estoy seguro.

—¿Pero quién es ella? —pregunté al filo de la exasperación.

—Una mujer en mi vida —dijo—. No la veía hace más de veinte años.

No necesitaba más datos para conocer entera la película. Como todas las enfermeras, la que lo acompañaba, tenía la habilidad de leer los pensamientos. Me miró.

—No —dijo la enfermera—. El señor es soltero.

—Estaba enferma de celos. No pudo soportarlo. Un día desapareció. Celos de Brenda Meyer, por supuesto —dijo el viejo, mirando a la enfermera—. Llegó a imitarla casi a la perfección. Veía sus películas una y mil veces conmigo. Pero no pudo soportarlo. Y, sin embargo, eso fue lo más parecido a Brenda Meyer que yo le haya visto.

Dije:

−Muchas gracias por todo, señor Borderau. −Y al viejo−: Buena suerte.

Brenda Meyer no lo hubiera mirado al decirle algo así. Yo tampoco. Aunque tuve que pararme a su lado, a petición de Borderau, para posar en la foto de la primera reunión del Brenda Meyer Club. La mucama, con notable nerviosismo, nos enfocaba. Borderau, una servidora, el viejo y su enfermera. Apenas clic y quedé libre para desandar la avenida y seguir caminando hasta mi casa. Todo un largo camino que tenía que emprender con calma. El nuevo afiche del Brenda Meyer Club tendría impresa esa fotografía, me aseguró Aníbal Borderau, quizá con la intención de asegurarse de que yo volviera. Y en esa foto estaríamos todos menos ella. Me refiero a Brenda Meyer, por supuesto.

Luminoso contrafrente

Era un hotel tres estrellas. Alfombra azul de entrada. Ceniceros de metal con iniciales de arena. Ascensores macizos y veloces. La escalera era recta, escalón por escalón, y tenía una baranda plana de bronce. Varillas en cada peldaño, para ajustar la alfombra –que era la misma alfombra azul de la entrada que seguía y seguía–. El personal no era muy personal que digamos, con excepción del chico que barría con un escobillón el piso de mármol. Como las olas barría, una y otra vez, y cuando alguien se cruzaba en su camino hacía un esquive muy llamativo, apoyándose en el palo del escobillón como si fuera Fred Astaire. Se saludaba, con un saque de cabeza, con la señora que cuidaba el baño, al que llamaban toilette, y que tenía esa cara de reina del imperio de la nada. Y del *concierge* no puedo decir mucho; tenía una voz neutral y amable cuando atendía el teléfono. El ascensorista estaba pasado de años pero conocía su oficio de memoria. A unos pasos, detrás del escritorio que decía «Información al Turista», una chica muy linda brindaba, sonriente, todo tipo de datos, además de ofrecer visitas guiadas, desplegando folletos y volantes con gestos veloces, estudiados para ocultar, con éxito al principio, que le faltaba el pulgar de la mano derecha. Cada tanto, el encargado de mantenimiento, según decía la credencial que llevaba como una escarapela, cruzaba el lobby, con su ropa tipo camuflaje y los puños apretados.

Desde casa, al abrir la ventana, no miraba hacia abajo y de costado, a los techos variados de la iglesia, ni hacia arriba –siempre me aburrió mirar el cielo–. Pero veía casi todo el hotel de espaldas. Es decir que a ese hotel lo conocía del derecho –como todos– y del revés –porque su contrafrente gris plomo daba justo frente al mío, amplio pulmón de manzana–. El verdadero luminoso contrafrente.

Pero desde mi ventana no se veía el lado luminoso de las estrellas del hotel. De día todo luz, tanto que a veces prefería entornar las persianas –aunque la distancia era grande, la visión era muy nítida y daban ganas reflejas de enfocar–, y a la noche, bueno, no sería luz pura de luna pero un destello iluminaba en foco el contrafrente, mezcla de las luces de la calle y de la luz del aire. Y entonces se veía todo muy bien.

Visto desde mi ventana el hotel era una ruina. Goterones oscuros que se lavaban piso a piso. Mucha paloma. Los toldos, a la miseria. Alguna que otra persiana rota. Parecía que había habido una desgracia hace tiempo, de esas tan malas que después no dan ganas de arreglar las cosas para que parezcan mejores. Parecía que había pasado de todo. Y era verdad: había pasado el tiempo.

Las cosas que habré visto, las que me perdí –pero imagino–, las de siempre, también las mujeres limpiando, vestidas de negro con puntillas blancas y una aspiradora que parecía un bongó tirado de un cable. Una vez vi al encargado de mantenimiento arriesgar su estabilidad por hacer algo en una de las ventanas. Bajó sentado sobre un tablón que colgaba de la soga que piloteaba un botones desde la azotea. Se arrodilló y después hizo equilibrio parado sobre el tablón. Yo no iba a gritar porque eso no se hace pero, como siempre leo en todas partes, casi se me escapa un grito. No escapó; el encargado de mantenimiento hizo algo con las manos, después destrabó la ventana y ahí me aburrí de mirar pero me imaginé que el botones lo habría subido de vuelta y el encargado de mantenimiento habría llegado a la azotea, se había zafado de la cuerda para bajar, al tic tac y muy peinado, a reportar en planta baja que la misión estaba finalmente cumplida –¿algo más?–.

Una tarde después de almorzar, vi una mujer que se ponía una peluca sentada frente a un espejo. Después, peluca en mano, caminó de una punta del cuarto hasta el teléfono, una y dos y tres veces y más, la mano en la cintura o los dos brazos en jarra, echando humo de cigarrillo con esa energía que sólo nace del despecho –ahora vas a ver–. Cada tanto, una pareja tirada en la cama, o una pareja leyendo en la cama, o una pareja haciendo de pareja. Había gente sin secretos. Señores solos, del género viajantes de comercio, que a la mañana temprano abrían las cortinas, se encerraban en el baño, salían al rato seguidos por una nubecita de vapor, agarraban el maletín después de cerrarlo, clic, y se iban de la habitación, barriéndola con una mirada –vuelvo a la noche, querida–. Una tarde vi a una mujer que, sentada cerca de la ventana, no hacía nada, estaba ahí, quieta. Y otra tarde vi a un hombre alto y flaco, de pelo ondulado, que le abría la puerta a un gigante rubio en mangas de camisa; los dos se trenzaron en una justa de titanes que acabó con el rubio atenazando al flaco, que perdió. Las figuritas de mi vista salían en plano americano si estaban cerca de la ventana y plano generalísimo cuando se alejaban. Y con el tiempo, que pasa un día de esos sin marcha atrás, todos empezaron a parecerme extras que estaban ahí, un batallón de personas con sus vidas de paso, cerca de la mía. La mía no era gran cosa; tampoco, entonces, su contexto. Podía hasta aburrirme. Como no me gusta aburrirme, dejé de mirar. No había razones. Si me hubiera quebrado una pierna y me hubiera visto forzada a quedarme sentada en una silla sin otra cosa para hacer, por ejemplo. De tener buenos lentes fotográficos para entrar en detalles, hubiera sido distinto. Igual me compré en Pescalandia un lindo par de largavistas aunque mucho no lo usaba porque me ponía bizca. No puedo decir que haya tenido el mismo problema cuando, forzada por las circunstancias, conseguí mi querido telescopio.

Y sin embargo, aunque a veces ya casi ni miraba, no era insensible al llamado de ciertas cosas que brillaban con luz propia en las otras ventanas. Si no las miraba era una tonta. Así un día descubrí que el hotel se había quedado prácticamente sin huéspedes y ver la pantalla de una lámpara en uso en uno de los cuartos se convirtió en una excepción, que yo atendía.

Una noche en que, por culpa de la vida, me había tomado un Neurotónico Andrómaco, miré por la ventana para decirle hasta luego al contrafrente y vi un cuarto que se llenaba de señores muy formales, otro al lado que se llenaba igual, otro también. Parecía una función de gala y se sentaban, mientras abrían las puertas que comunicaban las habitaciones entre sí –en sus tiempos de gloria, eran suites que después subdividieron–. Se notaba que era gente muy educada. Se pusieron de pie mirando hacia adelante, que era mi derecha, y vi la sombra, como una línea que terminaba en punta de ala. Era un brazo extendido y en menos de un segundo todos los brazos de todos los señores, cuarto por cuarto, hicieron lo mismo, en una formación tan afilada que solamente se veía el perfil de los que estaban parados más cerca de las ventanas. No pude ver más porque de golpe en el hotel completo se cortó la luz.

    La pastelería del hotel era muy reconocida en los folletos del hotel, doblados pero sin aplastarse en un estante de madera, impresos en papel absurdamente caro. El lobby no era la gran cosa. Pero el personal parecía convencido de que sí. Me imaginé el apuro del personal ante semejante problema cuando, por burlarme del otro, la broma se hizo *boomerang* y se cortó la luz en tres manzanas. La mía entre ellas.

    En el piso poblado de señores con trajes oscuros y el pelo cortado al rape, se prendieron unas velas. Algún desubicado gritó se cortó la luz. Se oía el clap de los incrédulos que insistían con las perillas. Lloró un bebé, ladró un perro. Alguien clavó el dedo en la alarma de un ascensor. En la planta baja del hotel, parte del personal se había juntado en el patio, y se veía una luz de linterna. El encargado de mantenimiento estaría en lo suyo. Yo hice lo que hago siempre cuando se corta la luz. Caminé por la casa, con bastante desconfianza a mi memoria. Pasó más tiempo que el que me toma recorrerla cuando veo las cosas. La luz volvió en el hotel y después en todos lados. Todo volvió a la normalidad y, pisos más arriba, la reunión de señores con firmeza se había disipado. Igual que una tormenta.

En otros pisos, descubrí, había gente dedicada a lo suyo: una novia con vestido de novia que el flamante marido no podía derrotar. Los dejé solos, cerré la cortina, después de echar otro vistazo a las habitaciones del piso de arriba.

Salvo por ciertos detalles sin importancia –las mesas de comida sobre ruedas, un día el cuarto tenía las ventanas abiertas y estaba vacío, otra vez un valet entraba y salía llevando perchas con fundas de la tintorería–, no pasó nada en una semana entera.

A la semana mi horóscopo decía que iba a presenciar algo importante, que habría grandes cambios, y era cierto. Empecé a mirar desde temprano y vi al encargado de mantenimiento acomodando sillas. Llegó la hora, llegaron todos, uno por uno. Pero esta vez eran más.

Al tren de cuartos en el mismo piso se habían sumado dos vagones. Tomaron sus sitios frente a sus sillas –y nadie dudó a la hora de acomodarse–. La sombra de la mano se alzó en la ventana de la punta, todos hicieron lo mismo. Todos abrieron la boca y la cerraron al mismo tiempo mientras decían dos palabras. Entonces se sentaron. La mano se movía sola como un pájaro en el cuarto de la punta. Despegaba, planeaba, sorteaba pozos de aire, bajaba en picada y daba los últimos remates de una música. Si el dueño de esa mano hablaba mientras tanto, era lo de menos. Los señores no hacían nada más que mirar hacia delante y escuchar. Después la mano dejó de moverse. Y todos se fueron.

La puerta de la habitación de donde venía la sombra de la mano se cerró de un golpe imputable a un hombre de pelo negro cuervo, que se alejó caminando, con los brazos cruzados detrás de la espalda, hacia la pared que enfrentaba la ventana, como si pudiera traspasarla. Los señores se dispersaban en orden y salían, sin hablar, de los cuartos. El hombre no traspasó la pared. Se dio vuelta. Me dio la cara. Y aunque no podía decir si me había visto o no, entendí qué significa eso de sentir la sangre helada. Las letras se trababan en la lengua y lo único que salía de la boca era un cero. Bajé la persiana. Y otro Neurotónico Andrómaco para la dama.

El Neurotónico (recomendación de una vecina) venía en una caja blanca y celeste, que compraba en una farmacia, a tres cuadras de mi casa. Me había acostumbrado a ir ahí. El dueño, que se llamaba Jaime Resnik, sabía, si se ponía a pensar, bastante de los estados de mi vida. Me administraba los antídotos que me ayudaban a cursar los días, las noches y los fines de semana completos sin mayores problemas. Pastillas Balda, sales inglesas contra la baja presión y los disgustos, Milanta contra la acidez, Sonrisal, barras de azufre –este dolor de espalda–, la indispensable Coramina. Hacía dos años habían abierto una farmacia nueva a una cuadra de casa, pero yo permanecía fiel a la de siempre (bicarbonato de sodio, alcohol, licina), a la balanza que desentonaba medio kilo –la realidad es subjetiva–, al swing de teclas de la caja y el papel blanco con filigranas rojas con que la mujer del señor Resnik envolvía, veloz y prolija, los paquetes de remedios. Tuve etapas de Coramina y etapas de jarabe para la tos. Me acercaba al mostrador y le decía. Jaime Resnik asentía, mirándome por sobre sus anteojos, y después se perdía en una biblioteca llena de frascos, para volver al mostrador y preguntar algo más mientras hacía la cuenta. Una tarde coincidí en la farmacia con el chico que barría el piso del hotel. De perfil estaba igual a la cabeza del busto de Geniol. Apretaba una gorrita tipo marinero en la mano y ni bien le dieron el paquete silbó apenas, giró y se fue dando saltitos y también se tomó su tiempo para prender un cigarrillo, mirar un poco la tarde a un lado y al otro –un lindo día, después de todo–, sin perderse a una chica que venía de frente apretando unos libros contra el pecho.

A menos de dos cuadras, la pastelería del hotel podía ofrecerme té y sus famosas Selva Negra, Apfeltorte y Apfelstrudel. Un grupo de señoras tomaba de Marías y picaba con las uñas de gallina en los platos del triolé. A un mozo se le cayó una copa. Las señoras miraron por encima del hombro y el barman, por encima de la barra. De inmediato, el silencio volvió a mandar ahí adentro, igual que como manda, simple y solo, después de un perdón que fue difícil. Pedí un café, como siempre, pero esa vez no me entretuve leyendo y miré un poco. Las fotos enmarcadas con paisajes de montaña. Las copas que colgaban boca abajo en el techo de la barra. Los estantes de botellas semiplenas. El fanal transparente que cubría las tortas. Hasta hubiera creído que estaba en Córdoba.

A mi lado, en una mesa redonda, como todas, dos señores discutían en voz baja asuntos que parecían de extrema importancia. Apenas le prestaban atención al mozo que, solícito, los rodeaba y servía agua helada de una jarra. El chico que barría el piso entró en el bar y se acercó con un sobre a uno de ellos. Se pusieron de pie. Los oí hablar en otro idioma. Los vi salir muy apurados camino al ascensor.

Al volver a casa fue hacer todo lo más rápido que pude para apostarme en la ventana. Para mirar las ventanas del hotel que estaban en el séptimo, a mi altura. Huelga decir que abrí el estuche de Pescalandia, y bizca y todo enfoqué. Y vi.

En el piso del hombre de pelo negro cuervo no había grandes novedades, de no ser por un ovejero manto negro que lo seguía por toda la habitación. Y pisos más abajo había una mujer joven parada debajo de la lluvia de la ducha. Se pasaba el jabón por todo el cuerpo. Una vieja con rodete entró en el baño y se acercó hasta la ducha. Desvié la vista a otra ventana que estaba iluminada, aunque vacía. Por lo que volví a mirar el séptimo piso y su único cuarto iluminado.

El hombre de pelo negro gesticulaba, alzaba los brazos, se quedaba quieto como una estatua y giraba la cabeza para un lado y para el otro. Estaba hablando solo. Me pareció que me miraba. Dejé el largavistas y me tapé la cara con las manos.

En esos días, me ardían los ojos de tanto mirar. A la farmacia. Colirio, agua destilada, lágrimas artificiales. De tanto enfocar, a veces parecía que una fuerza independiente gobernaba los párpados que latían y latían, y no podía parar de abrir y cerrar los ojos y de apretármelos con los dedos –venía esa secuencia de cenizas de color– pero después sacudía un poco la cabeza y todo volvía a su lugar. También yo.

Enfrente, un señor limpiaba algunas noches las ventanas de las escaleras del hotel. Con un palo que tenía otro en cruz en la punta, mojaba los vidrios con espuma y después los enjuagaba. Hacía magia.

Con mi telescopio holandés se veían los cráteres de la luna, el contorno exacto de las hojas de una azalea en un balconcito de abajo. Se veía un gato en el patio. Y una sombrilla blanca con bordes negros que habían abierto ahí hace poco. También cuando cargaban cajones de botellas. Y cuando un chico pedaleaba su triciclo en una habitación. Hasta detalles definidos. Una grieta cruzaba como un relámpago parte del muro. Si tenía paciencia y buena suerte, pescaba al encargado de mantenimiento bajando, sí y no, las escaleras. También veía la cara del hombre de pelo negro, que salía del baño, con una toalla en mano. Se lavaba las manos no sé cuántas veces por día. Pisos más abajo había una mujer que tenía todo el cuarto hecho un lío. Y no salía nunca y leía y leía.

Era evidente que el séptimo piso estaba siendo sometido a reformas, entraba y salía gente, cambiaron las cortinas, un ejército veloz de albañiles y pintores, tapiceros, electricistas y plomeros. El encargado de mantenimiento aparecía cada tanto, echaba una mirada, asentía, o se rascaba apenas la frente antes de chasquear los dedos y arrodillarse para resolver algo, cambiar alguna cosa de lugar o impartir directivas. Del séptimo, enseguida, fue el contagio. Y todo el hotel estaba siendo renovado.

En mi horóscopo de esos días hablaban de un viaje en ciernes, pero era mentira. Me quedaba en casa todo el día sin viajar a ningún lado porque ahora que el contrafrente del hotel me llamaba la atención todo empezaba a parecer distinto. Esa noche, me quedé mirando a un hombre y una mujer que andaban por todo el cuarto, se acostaban juntos y se levantaban por turnos y llamaban al bar y le abrían la puerta al mozo y prendían la televisión y hacían juegos con las luces. Me pregunté si les pasaría algo. Miré la hora, miré en donde estaba parada: el sillón con todo tirado, un vaso de agua, libros a medias, secuelas de las vueltas circulares de la noche. En una de esas, como yo, eran insomnes. El hombre del séptimo tampoco dormía bien, pero igual siempre apagaba y prendía la luz a la misma hora, a la noche y a la mañana. En otra ventana, una vieja sentada en su silla de ruedas estaba tan quieta que parecía pintada.

Cada tanto, con frecuencia, había bien poco que mirar. Pero entonces el aire se cargaba de chispas. Era el circuito inútil de un dial, pisos más abajo, en manos de un impaciente. Era el tris de las cosas al quemarse en el aceite de una sartén. La púa que mece la bruma. La producción de una tormenta. Brasas flotantes de cigarrillos en las ventanas. Las grietas del parqué en algún departamento. Lo que quieran. Gente apurada rompiendo papeles en dos y en cuatro. No importaba. Las cosas volvían a la vida o por lo menos se escuchaban.

El hombre del séptimo siempre hablaba solo. Un día se le dio por dar dos pasos hacia delante y uno para atrás, aunque se quedaba congelado en el medio. Se acercó a la ventana y entonces miró el amplio pulmón de manzana, el luminoso contrafrente, como si hubiera alguien mirándolo desde abajo.

Al principio me escondía, sacaba solamente el ojo del telescopio entre las cortinas. La cabeza y el cuello debajo, como un fotógrafo de oficio. El foco hacia mi inmenso *peep-box*. Después dejé de esconderme, segura de que nadie me veía, de que el aire es libre y de que cuanto está frente a los ojos está ahí con el fin expreso de ser visto.

La renovación del hotel había traído nuevos visitantes. Una tarde conté las ventanas de los cuartos que estaban ocupados. La gente iba y venía con sus costumbres e intenciones. En el séptimo piso, el hombre de siempre paseaba por su cuarto, a veces escribía, y casi siempre hablaba solo. O con unos señores que acudían puntuales, serios, vestidos de azul, siempre dispuestos a escucharlo.

Una mañana lo vi pintando frente a un atril. Algunos días ni levantaban las persianas pero la luz de la lámpara se filtraba a través de las placas de madera y las sombras recortadas de adentro se movían. Al hombre le gustaba pintar. Parado frente a un atril, se acercaba y alejaba, una pincelada acá y la otra allá. A veces, en cambio, daba una pincelada por ahí, y otra en el mismo sitio, y otra ahí de vuelta, empeñado en borrar o en marcar algo. Un día lo vi atender el teléfono, volver con paso firme hacia el atril y destrozarlo.

El señor Resnik me comentó que habían despedido al ascensorista del hotel. Era cierto porque fui a comprobarlo, su reemplazo era un chico, casi un chico, alto y fuerte. En el mostrador de información al turista ya no estaba la chica de siempre y, como si estuviera ahí hace años, una mujer muy interesante sonreía, abiertamente, a los que entraban. Se las arreglaba para obtener los nombres y datos de todos. La puerta del ascensor estaba abierta y el timbre de la recepción sonó bajo el pulgar de un señor que acababa de entrar con toda su familia. El encargado de mantenimiento estaba muy apurado, aunque igual se hizo tiempo para saludarme con una sonrisa. La mujer de «Información al turista» ponía a prueba la paciencia de unos recién llegados. Casi me cruzo con el chico que barría. Pero él hizo un esquive muy llamativo, apoyándose en el palo del escobillón como si fuera Fred Astaire. Después se saludó con un saque de cabeza con la señora que cuidaba el baño, al que llamamos toilette.

Lo de Boggie

Mi escritorio era el cuarto más chico de la casa y, quizá por la misma razón, el más poblado. Los libros estaban por todas partes y tenían lugar en todos lados. Era un mundo reducido y personal, gravado, entonces, por las leyes que rigen los planetas. Había derrumbes: el día en que saqué de un tirón el primer tomo de *Moby Dick* y se cayeron libros y más libros que descansaban, no sé cómo, encima. Maremotos: cada tanto volcaba la taza de café sobre una página. Eclipses: a veces, por falta de espacio, un libro iba al fondo del estante y uno nuevo tomaba su puesto –como en las librerías de usado–. Ruinas sumergidas: cuando sacaba uno del estante veía el lomo del otro, postergado, al fondo. Movimientos de masas: hice pilas con libros que no me gustaban. En vez de quemarlos, se los pasaba a alguien, diciendo que me parecían aburridos o malos –que era, después de todo, una forma de quemarlos–. Pestes: muchas. Plagas: la humedad imprimía nubes grises y a veces ablandaba la tapa de algunas ediciones caras. Una aureola en todas las páginas.

Sequías: el polvo se juntaba entre los libros pero como no me gustan los plumeros bienvenida la seca, aunque las hojas a veces se quebraran al pasarlas. Cada tanto le daba unos pesos a Regina, la mujer de Paredes, el portero, que traía su plumero, se encerraba ahí unas horas y después se iba con la sonrisa cansada de quien cumplió con su deber más allá de lo estrictamente necesario. Eso me hacía sospechar y la sospecha me llevaba de un tirón al escritorio. Regina y su buena voluntad eran agentes enemigos. Como el día en que ordenó los libros de menor a mayor, en formación de escuela.

Al igual que en la mayoría de los mundos, en el mío había fuerza y poder, pero también había miseria. Qué era eso de empeñarme en no pintar ese cuarto, aun cuando hacía pintar el resto de la casa, me decía, preocupada, mi hermana. Enfermedades: con leer mi biblioteca cualquiera se enteraba –hablo de leer solamente los títulos– de con quién estaba tratando. Y milagros: todos conocen esa felicidad que salta en resorte desde el fondo al dar con una foto que es la película completa de la vida. Cartas. Más cartas. Y sus creencias: las bibliotecas son ideologías –con sus contradicciones–. Y finalmente una población. Mi perro Orson como ciudadano residente. Yo siempre en misión diplomática. No sé por qué, pero a mí lo que me gustaba era entrar y salir. Y eso hacía.

Esa tira de cuero negro que cuelga de un clavo en la pared es la correa de Orson. Sobria, con calle. Cuando empecé a escribir y me mudé, dentro de casa, al escritorio –tuve mudanzas de cabotaje a mi cuarto, a la cocina, al comedor–, Orson se mudó conmigo y mis ganas de escribir. Después empecé a pasar cada vez menos tiempo en el escritorio, cuando escribía todo el día y entonces lo hacía en todos lados. No necesariamente ahí.

En el planeta, y entre sus habitantes, había también usos y costumbres. Un día descubrí que Orson se ponía muy contento cada vez que estaba escribiendo y de golpe lo miraba y le hacía una caricia en la cabeza. Al final me acostumbré a escribir con la mano derecha y a acariciarlo todo el tiempo con la izquierda, salvo cuando era verano y tenía que usar la mano izquierda para apoyar, sobre la pila de papeles que tenía en el piso, la última página, por miedo a que el ventilador de mesa la volara. Un día se quedó dormido y lo oí roncar echado en el piso. Y ese momento, como de hamaca vacía, fue, me di cuenta, una muestra gratis de lo triste que iba a ser todo cuando Orson no estuviera más conmigo. Me dieron ganas de llorar y a la noche le cociné una comida especial.

A veces los libros se me venían encima. Es que ya los ponía en cualquier parte con tal de no embarcarme en tratar de ubicar uno, pasar el último de ese estante a otro estante para hacerle lugar. Era eterno.

En la silla, está el sweater de Orson, tejido por Regina. Aunque se quejaba cuando Orson se mandaba alguna de las suyas, lo quería. El sweater es bastante feo. Y le quedaba un poco apretado. Pero ella me lo había dado con tanto cariño. Una tarde tocó el timbre de la cocina y me lo dio y dijo:
—Para el Orson.

Y aunque no se dice El Orson, yo me puse contenta. Sonaba como cuando alguien hablaba de El Greco.

Ese sweater, que no tenía forma definida, ahora tiene la forma de mi perro. Con el tiempo, está menos colorado. Los bordes amarillos se apagaron de a poco. Y los flecos que se hicieron cuando se saltaron los puntos no quedan nada mal y lo elevan al grado de las cosas que son buenas, que son nobles y que con el tiempo se vuelven necesarias. Si al principio fue una lucha enfundarlo en el sweater, era difícil, después, sacárselo de debajo de la cabeza, cuando dormía o descansaba, usándolo de almohada.

Todo el borde inferior del espejo tiene esa aureola. Se paraba enfrente pero sin mirarse. Resoplando una y otra vez. Como hacía con todo.

Menos al comer. Ese es su plato de agua. Dice Boggie en vez de Orson pero en la veterinaria donde lo compré ese era el único que quedaba, alguien lo había encargado y no había ido a retirarlo. Me costaba el doble mandar a hacer uno nuevo que dijera Orson porque este otro estaba en rebaja. Y como Orson no sabía leer lo compré igual y tomaba agua en un plato que decía Boggie pero que era suyo. Yo en cambio estampaba mi firma en la primera página de cada libro que compraba. Los millonarios con sus cheques; yo, con mis libros.

Cuando empecé a escribir en todos lados, pasaba menos tiempo con Orson, que insistía en el escritorio. Él se fue quedando en el escritorio porque los perros son como las señoras abnegadas de la vida y de los libros: saben esperar en el lugar adonde el otro va a volver. Y yo volvía siempre a mi escritorio, o para apilar los libros nuevos, o para buscar algo o para tirar sobre la mesa las tres últimas páginas de una historia que nunca pude terminar. Y a la noche. Y por la noche.

Me da culpa con la noche si no cumplo una mínima ronda antes de irme a dormir. No sé cómo explicarlo pero sé que les pasa a muchos. Entonces daba un par de vueltas, y siempre terminaba ahí, que ya era una especie de depósito, ahora también de paraguas olvidados –tenía dos de mi hermana–, algunos juguetes de repuesto para el hijo de un amigo, recortes de diarios, las cosas de mi perro, y mi perro.

Una noche estaba de acá para allá. Me dolía un poco la espalda pero eso solamente quería decir que al otro día iba a dolerme muchísimo. No me gustaba la cara que veía de refilón cuando pasaba al lado del espejo. Entré en el escritorio. Di dos pasos y choqué contra una forma que se movía. Me llevó dos segundos darme cuenta de que era Orson. Se alejó un poco. Cuando prendí la luz y lo llamé, se acercó y se sentó a mi lado, de lo más tranquilo. Nos miré en el espejo. Pocas veces en la vida sentí tanta aceptación. Y no sé cómo pero me di cuenta de que era tarde. Entonces me fui a dormir.

A veces se me daba por cambiarle el nombre y él siempre respondía. Pero eso sí, cuando lo llamaba Orson, era un poco distinto y eso hacía toda la diferencia.

Una tarde llegué, contenta, a casa. Me gustaba oír el ruido que hacía con el llavero y apoyé, como siempre, la cartera en la mesa de la entrada. Pero Orson no vino a galope forzado como siempre. Oí la voz de Regina, que imitaba al mismo tiempo a una vieja y a un bebé. Entré al escritorio. El plumero estaba apoyado contra la pared y Regina le insistía a Orson, que no se hacía rogar, para que terminara con el resto del guiso que le había traído a escondidas. Al oírme entrar, el perro se dio vuelta. No puedo decir lo mismo de Regina.

–Regina –dije.

Miró su relojito.

A veces también me dejaba algo para mí en la cocina. Le regalé libros con recetas, que no probaba nunca.

—Yo no creo en las recetas —decía, abanicándose con una revista.

A veces jugábamos con una rama que encontraba por ahí. La tiraba. La traía. Una tarde la agarró entre los dientes, la llevó hasta la sombra de un árbol y después vino caminando y me miró. Pero yo no cambié las reglas y no fui a buscarla. Hice como que nos íbamos y pasamos al lado de la rama. La levanté. Orson empezó a mover la cola. Seguimos caminando.

Regina estaba pasando el plumero cuando una tarde mi hermana vino a visitarme. Quiso saludarla y la llevé hasta el escritorio. Ni bien entró, negó con la cabeza.

—Este cuarto es como el resumen de tu vida —me dijo—. ¿No sería todo más fácil si estuviera más ordenado?

Plumero en mano, Regina, la mujer del portero, asintió.

Una mañana me desperté y miré mi habitación como si no la conociera. En la mesa de luz había una pila de libros. Otra pila se había formado sola sobre la mesa del teléfono. Había dos libros sobre la televisión. Tres, en el estante inferior del mueble en donde tenía la radio. Ese fue el principio del programa de expansión y no pasó mucho tiempo antes de que la casa entera se convirtiera en un escritorio, un complejo de libros abarcándolo todo.

—Cuando hablaba de orden, no me refería a

esto –dijo mi hermana–. Esto no es orden, es uniformidad.

Le alcancé una novela policial para que apoyara la taza de té. De alguna manera se las arreglaba siempre para dejar marcas en todos lados.

Orson comía en la cocina mientras yo cocinaba. Mientras yo guardaba en la heladera lo que había comprado en la rotisería para comer. Y después se sentaba a mi lado mientras yo comía, con la esperanza de ligar alguna sobra. A veces tuvo suerte.

Al año, un perro tiene, dicen, siete años humanos. A los diez años, el perro tiene setenta años humanos. Los huesos. Y a los quince y con esa cara, estaba Orson. En tiempos humanos, un perro de ciento cinco años. Matusalén.

La cadena está doblada sobre la mesa que era mi escritorio, la que cubre con su tapa el lugar en donde Orson dormía algunas veces a la mañana. En el piso, la manta escocesa que era mía y ahora parece una auténtica alfombra de perro.

Al lado de la cadena está su credencial. Una medalla plateada con su nombre y mi teléfono y dirección. Está abollada a un lado, no me acuerdo de cómo ni cuando fue. Y una de las patas de la mesa está flaqueando. Orson se apoyaba a veces contra ella cuando montaba guardia por horas. Con el tiempo, se fue venciendo pero eso no le molestaba. Orson conservaba un digno equilibrio. Como él, la mesa se inclinaba lentamente en su camino hacia la falsa escuadra.

El escritorio, pensé, podía transformarse en el cuarto propio de Orson, era como reconocer a un hijo, después de todo.

Todo cambió la mañana en que al despertarme lo encontré todavía dormido sobre la manta, cuando siempre me despertaba y lo primero que veía era su cara de ancha categoría. Durmió y siguió de largo. Regina quiso acompañarme al cementerio de animales y ahí fuimos. Me miró sorprendida cuando llevaron la caja de cartón hasta debajo de una franja de mármol que decía Boggie. Pero debe haberse acordado del plato de agua porque dijo:

–Pobre el Boggie.

No dije nada, me quedé parada al lado de la lápida hasta que cubrieron el pozo con tierra y unos terrones de césped. Regina se tapaba la boca con la mano. Los cuidadores del cementerio se alejaron en puntas de pie y nosotras también.

Mi escritorio era el cuarto más chico de la casa y ahora es el más grande porque es la casa entera. Regina se instala por horas y recorre las paredes, soplando nubes de polvo y abriendo las ventanas, sacudiendo las páginas y dejando pilas que agrupa con criterios que no puedo descifrar.

El escritorio original volvió a ser el escritorio. Es el único lugar de la casa en que puedo sentarme con toda comodidad a escribir con la mano derecha, y la izquierda meciendo una cuna que no existe. Todo sigue intacto. Casi siempre escribo aquí. Como una señora abnegada, vuelvo al lugar de donde vengo. Escribo sobre Boggie.

Las hermanas Mc Lean

Cuando las hermanas Mc Lean se mudaron al edificio, ya pensaban que los hombres tenían una idea fija, un interés central y excluyente, que era eso que ellas llamaban *eso*. Siempre decían los hombres piensan en eso, y asentían, conocedoras y sonrientes. Gente madura. Entre las dos sumaban una edad en que la idea del suicidio parece cosa de impacientes y optimistas. Es que las hermanas Mc Lean eran varias cosas a la vez. Cada una por su lado, cada tanto. Ahí tenemos a Stella Mc Lean a la izquierda de Laura Mc Lean –a su derecha–. Podría decirse que juntas, cobraban un sentido. Como un vestido blanco y negro. Separadas, cobraban otro. Como un vestido blanco y otro negro. También que conocían otro más cuando se las veía hacer la misma cosa pero por su cuenta. Stella en la farmacia un lunes a la tarde y Laura en la misma farmacia el martes, por ejemplo. Ying-yang. Allí eran directamente complementarias, muy dependientes –no podía mirarse a una sin recordar a la otra y compararlas–. Cuando discutían, se parecían más, como un vestido negro y otro negro o al contrario. Y cuando no se dirigían la palabra eran directamente una misma persona desnuda, por más de que hicieran muecas para distraer a los mirones. Como eran, a su modo, pudorosas, hacían lo que podían para no discutir. No era fácil. Era así. A Stella le gustaban los sweaters marca Bremer. Y a Laura también. Stella había querido mucho a sus padres. Y Laura también. Las dos eran fervientes fans de Vivian Leigh. Stella había recibido en herencia de sus padres un pasaje de primera a todos lados. Su fortuna igualaba la que había recibido Laura. Y así con todo. Libros y películas y películas y libros –no eran lo que se dice un par de chicas divertidas–. Pero ellas la pasaban bien. Los mismos restaurantes. El mismo corte de pelo. Lo bueno era que a cada una, por su lado, le encantaba ver feliz a la otra. Entonces se complacían y cuidaban con una dedicación y naturalidad envidiables. Cada tanto, alguna de las dos se daba cuenta de que para poder hacer feliz a la otra necesitaba, como lógica condición, que su hermana no fuera del todo feliz. Y empezaban las complicaciones. Pero se entendían bien y tenían los mismos gustos. Hasta que a las dos tuvo que gustarles el señor Moledo. En eso sí que fueron poco originales porque ese señor les gustaba, en realidad, a todas.

–Pobre hombre –se decían las mujeres al mirarlo. Era que tanto éxito le daba un aspecto de mártir que era, al mismo tiempo, muy seductor.

—No deja títere con cabeza —escuché un día que comentaba Paredes con otro portero.
   Los títeres tienen hilos que se enredan a veces. Y creo que eso fue lo que pasó. Fácil para nadie.
   Dime con quién andas y te diré quién eres. Algo difícil de responder en el caso de ellas. O juntas o separadas pero solamente eso. Si alguna decía, por ejemplo, «Fuimos al cine», eso quería decir que había ido con la hermana.
   No había nada que aclarar y no había forma de confundirse. O Stella. O Laura. O las dos juntas. De ahí que resultara extraño que se arreglaran con tanto cuidado. Que se vistieran como para ir a una fiesta y terminaran sentadas leyendo al detalle el menú del Dora, para después comer la misma comida —no se ponían de acuerdo pero lo estaban—. Pagaban cada una su parte de la cuenta y se volvían, a veces por el túnel que las llevaba hasta el restaurant de un hotel. Es que ellas eran muy competitivas. De chicas habían protagonizado un episodio alarmante al pelearse por un muñeco. Ahora Stella se compraba ropa nueva en secreto y se la ponía para provocar a Laura, que se había comprado algo muy parecido también para sorprenderla. Entonces Stella corría a maquillarse y Laura la empataba. Pero Laura volvía con una gargantilla y Stella doblada la apuesta agregando algún anillo. Que Laura vencía con un broche y Stella combinaba con una pulsera. La artillería pesada. Los guantes salían de los cajones como

conejos de la galera. Ahora, una vez vestidas, por qué no salir. Cada una con su vida. La otra siempre se copiaba.

En la mesa que está debajo de la letra a de Dora, se sentaba siempre el señor Moledo, que vivía a menos de dos cuadras del edificio. Comía salmón a la parrilla y leía cosas que evidentemente no le interesaban. Tenía una novia que cada tanto entraba en el restaurante y le hacía un escándalo. El señor Moledo ya estaría harto. Una noche, al verla entrar, se atrincheró en el baño y no salió hasta las 12. El mozo fue un par de veces al baño con un balde de hielo y una botella en una bandeja chata y plateada. Cuando el señor Moledo salió, la novia lo asaltó por sorpresa. Cuando él se acercó celebrando eso que llamó una casualidad, ella le dijo algo horrible al oído y todos se dieron cuenta porque el señor Moledo se tapó la cara con la servilleta y su novia se puso a llorar. Y no volvió. La gente trata de no volver a los lugares donde lloró, son como la escena del crimen.

Laura Mc Lean vio todo. También Stella. En el espejo colgado de la pared se parecían tanto que eran indistinguibles. Será por eso que cuando lo esperaron a la salida del restaurante y lo encararon, el señor Moledo parpadeó porque le parecía que estaba viendo doble. Y eso que ellas no tenían la misma edad. Stella era la mayor. Había nacido tres minutos antes. Los hermanos mayo-

res tienen sus prerrogativas y entonces Stella tomó la delantera. Así:
—¿Qué tal? Me llamo Stella Mc Lean.
—Y yo soy Laura.
La vida, debe haber pensado el señor Moledo, tiene sus reveses y compensaciones. Por una que lo había abandonado, llegaban dos que no estaban nada mal y que no parecían del tipo de abandonar el campo de batalla, siendo evidente que estaban en guerra. La vanidad de los despechados. Salía con una y después con la otra. Hablaba dos veces de los mismos libros y las mismas películas, de la hermana de la otra, de él mismo y de la ecuanimidad de sus sentimientos, de las cosas que decían, de los mismos problemas con la humedad de la biblioteca —vivían juntas, en el 7º C—. Hasta en los momentos de entrega absoluta la cosa tenía dos caras. Porque al entregarse toda, una daba la otra. Porque algo era innegable. Y era que ellas se querían. Y eran gente generosa.
—Me contó Laura lo que hicieron anoche —decía Stella—. Lo siento, no puedo quedarme atrás —agregaba, acto seguido.
Fue entonces cuando empezó a decirse que el señor Moledo se había transformado en un gigoló. Pero lo que pasó es que Stella y Laura habían descubierto un nuevo modo de pelearse: los regalos al señor Moledo. Para dar una idea, a dos meses de romance tripartito, Stella le regaló un coche que parecía una nave espacial y Laura le re-

galó un barco que se llamaba Laura. Encargaron tres alianzas de platino en la casa Ricciardi, porque en los detalles eran muy ahorrativos. Y Stella ya averiguaba a cuánto estaban las islas del Tigre. El guardarropas del señor Moledo se amplió y cada semana parecía un desfile de sí mismo. Había que verlo los días en que salían a navegar. Iban en el coche que le había regalado Stella hasta el embarcadero con la amarra del barco que le había regalado Laura, y que se llamaba Laura, para llegar a la isla que le había regalado Stella, como su nombre lo indicaba. Y el proyecto –si es que la cosa tenía algún futuro– se fue a pique en uno de esos viajes. Las hermanas Mc Lean se fundieron. Y el señor Moledo, ni hablemos. En un acto de soberana malicia, Stella había puesto sus regalos para Moledo a nombre de Laura, que era a quien iba a heredar en caso de tener la suerte de sobrevivirla. Y Laura había hecho lo mismo. Así que cuando las cosas no dieron para más, al menos las hermanas Mc Lean gozaron de unos meses de deriva apacible mientras remataban el coche, el barco, la isla, todo, y se iban a pique, sentadas cada noche en la misma mesa del Dora.

Cuando las cosas empiezan mal, pensó cada uno de los tres la misma noche, es seguro que terminan. El señor Moledo miraba las dos fotos: Stella y Laura. Ellas dos miraban otras dos: él y él. Dejó de ir al Dora. Dejó de caminar la cuadra. De atender el teléfono. De abrir los sobres. De contestar el portero eléctrico. De ir al trabajo para evitar la llegada de las hermanas, o de cualquiera de las dos, que parecían muy hábiles y experimentadas en el deporte de avergonzarlo delante de sus amigos. De salir a las horas habituales. Hasta dejó de dormir.

–Polleras –decía Paredes, mientras las Mc Lean avanzaban con sus polleras interesantes hacia la calle. Y al ver al pálido señor Moledo también se decía lo mismo.

Una tragedia griega en Buenos Aires. Los tres miraban las fotos. El señor Moledo suspiró antes de emborracharse. Stella, en cambio, prefirió desquitarse de tanta frustración y le clavó a la foto la punta de un alfiler. Al rato Laura hacía lo mismo en la suya pero con una aguja y en menos de media hora ya habían terminado con él.

Entre las hermanas Mc Lean había, al tiempo, una distancia insalvable. Ya que les gustaba lo mismo, compartían, sin mayor entusiasmo, la comida que ordenaban en el Dora. ¿Para qué comprar dos veces la misma ropa? Podían prestarse las cosas, por qué no. A veces porque no querían. Pero a veces cuando no se dirigían la palabra y se parecían como perfiles de una misma cara, no podían evitar que el rencor tomara el mando de la tarde y lo arruinara todo. Eso no era para ellas. Ellas habían querido ser felices. Entonces Laura le dijo a Stella que se mudaba a otro edificio y Stella se dio cuenta de que la única manera de no perder esa última batalla era aceptar. Cuando Laura se fue, Stella tuvo un mal presentimiento. La soga de la persiana se cortó y pegó de filo contra el marco. A Paredes le llevó un buen tiempo repararla.

A veces Laura visita a Stella y si salen juntas siguen tan parecidas como cuando no podían separarse. Laura tiene una hija, que es idéntica a ella –y a Stella, qué remedio–. Se llama Vivian, Vivian Moledo. Stella vive en el 7º C. Insiste en una digna bancarrota. Y al igual que su hermana se mantiene a flote. Siempre da la impresión de que espía por todas partes. Es una buena persona. Tiene un perro con cara de pocos amigos, que se llama Orson.

Acción de gracias

Cuando alguien dice París se ve la Torre Eiffel en plano general, igual que en las películas. Río es el Corcovado. Roma es el Coliseo. Son los lugares comunes a donde lleva el nombre de una ciudad, y casi siempre coincido con la mayoría, salvo en el caso de la mía. Cuando alguien dice Buenos Aires, yo no veo el Obelisco, veo el Kavanagh.

Lo veo pero en ángulo tomado desde abajo, como cuando era chica. Las cosas cambiaron desde entonces pero igual siento una fuerza sobre mi mano. Es la presión, ya imposible, de la mano de mi abuela, que me apuraba a seguir cuando me plantaba en la vereda, mirando hacia arriba, hasta donde podía echar, hacia atrás, la cabeza. Más atrás y más alto parecía, como si lo tirara de un hilo que lo ataba a mis ojos o a la inversa.

En el escudo personal de mi ciudad, el edificio ocupa el centro, cae de espaldas, pero el río lo inclina hacia abajo y adelante. Sé que es una ilusión porque el edificio se levanta sobre una loma. Montado en un declive, así lo veo, y si digo la palabra que dispara en mi cabeza, digo resistencia. Su presencia resiste cualquier juego de los ojos y hoy hay edificios más altos que el Kavanagh –eso pasa siempre–. Pero encuentren otro, en toda la ciudad, que esté a la altura del Kavanagh cuando se trata de alturas. No es alto por la cantidad de pisos que tiene sino porque se levanta. Y hasta parece andar. Mirarlo fijo es como concentrar la vista en un barco, la ciudad se mueve un poco, como el agua alrededor.

En uno de esos juegos que hace la cabeza se me ocurre esa palabra al pensar un edificio que está en un barrio llamado Retiro. Resistencia y retiro, al mismo tiempo. Las cosas son así, aunque suene un poco raro.

A muchos años de su construcción, es un edificio moderno. Setenta balcones y ninguno es mío, pienso, desde mi cuarto propio, que no está en el Kavanagh. Ante su falta, lo imagino. A veces camino hasta ahí. Lo miro. Se hunde porque es un submarino pero también se levanta con la fuerza de una pregunta, para fundar, como una causa, al resto. Camino hacia Retiro y ya bajé los hombros, es que voy dejándolo atrás. Me gustan Buenos Aires y su Kavanagh. Estoy segura de que sin ese edificio para mí la ciudad no sería la misma.

Como muchos, siempre quise vivir ahí. Y a veces hasta me parece que estuve por años, mientras mi vida se desplegaba, en verdad, en otros lados. Pero hay tiempo de mi vida dedicado a imaginar el silencio entre las paredes de hormigón. Las llamadas por los cables del conmutador de planta baja. El jardín que se ve en picada, con un árbol, sí, un árbol de ramas japonesas contra el cielo.

Este edificio no es el Kavanagh, es el Kavanagh que imaginé durante años. Está poblado de inexactitudes, porque está hecho a mi medida. Más modesto y acorde a las funciones, comunes, de la mía.

Leonardo Barujel me contó que su padre llegó a Buenos Aires en tren hace muchísimos años, vio el Kavanagh y se dijo que quería vivir ahí. Lo contó a los pocos días de que su padre muriera en el Kavanagh. Sabía por su mujer Celia, que es amiga mía, que quería conocer el edificio. Estábamos los tres en la azotea. Era un día de lluvia y había viento. Se veía la ciudad en diorama y el puerto en niebla. Fue raro entrar en ese edificio que había poblado a ciegas en los cuentos. De todas formas, ganaba el sentimiento, aunque absurdo, de volver a casa. Pocos días después fui a mirarlo una noche desde la plaza. Había, como siempre, un Ford Fairlane estacionado en la vereda.

Estoy segura de que si hubiera vivido ahí, sería uno de los fantasmas que insisten en quedarse. Y a veces saldría solamente con tal de entrar de vuelta. Suena un poco nostálgico y lo es pero no importa. A todos nos llega ese momento.

Richard Yates dijo, en *Constructores*, que una historia es una casa, con cimientos y ventanas y todo. Esta serie de cuentos no escapa a la regla. Como pasa en un edificio, hasta viene a confirmarla.

Las casas se arman entre varios. Aquí, desde los cimientos de la torre: Isabel Trossero (instalaciones); Nuria Kojusner (paisajista); Lucía Vasquez Mansilla (mano y obra); Alicia Martínez Pardíes (proyección); Enrique Solinas (desde el Brenda Meyer Club, que le pertenece); Leonor Cross (ingeniera); Mariano Cross&Soledad Torterola&Damián Cross&Margarita Zubía (estudio de arquitectos); Estefanía, Joaquín, Luz, Fernando (maestros mayores); Rodrigo Fresán, Angie Pradelli y Guillermo Saccomanno (planos); Giannina y Valle Cejas (acústica). Entrada principal, ascensores, columnas, luz y fuerza: Ricardo y Nicolás y Lucía y Sofía, en una suma que supera la suma de todas las partes de la vida.

E. C., 2004